THE
BOOKSHOP

The Bookshop

Originally published in the English language by Gerald Duckworth and Co. Ltd 1978

Previously published in paperback by Flamingo 1989

Copyright © Penelope Fitzgerald 1978

Penelope Fitzgerald asserts the moral right to be acknowledged as the author of this work.

북
샵

피넬로피 피츠제럴드 지음
정회성 옮김

북샵

THE BOOKSHOP

북포레스트

1959년, 플로렌스 그린은 잠을 자는 둥 마는 둥 밤을 지새우는 날이 많았다. 굴 창고가 딸린 바닷가의 낡은 건물 올드하우스를 사들여 하드버러 최초로 서점을 열어야 할지 말지 고민한 탓이었다. 말하자면 여러모로 확신이 서지 않아 잠을 설친 것이다. 그러던 어느 날인가 플로렌스는 포구에서 상공을 나는 왜가리 한 마리를 보았다. 왜가리는 힘차게 날갯짓하면서 부리에 문 장어를 삼키려고 애썼다. 하지만 장어는 장어대로 왜가리 부리에서 벗어나려고 몸부림쳤다. 장어는 4분의 1쯤 부리에 물렸다가 절반 정도, 잠시 후에는 4분의 3쯤 빠져나오는 듯하더니 다시 부리 속으로 절반쯤 들어가버렸다. 목숨을 건 장어와 왜가리의 끝없는 싸움을 보고 있자니 마음이 여간 불편한 게 아니었다. 세상에는 무슨 이유에서인지 밤새 한숨도 못 잤다고 투덜대는 사람이 많은데, 그날 이후 플로렌스는 왜가리와 장어의 싸움을 지켜본 탓에 잠을 설치는 게 틀림없다고 생각했다.

플로렌스는 상냥한 성격이었다. 하지만 그런 성격이 스스로를 지켜내고 거친 세파를 헤쳐나가는 데는 별다른 도움이 되지 않았다. 젊은 나이에 세상을 떠난 남편의 얼마 되지 않은 유산에 의지하여 8년 넘게 하드버러에서 살아온 플로렌스는 요즘 들어 스스로에게, 가능하다면 주변 사람들에게도 자신이 나름의 방식으로 살아간다는 것을 보여주어야 하지 않을까 하고 생각했다. 그녀가 보기에 잉글랜드 동부 지역의 저온 다습한 기후에서 생활하는 것은 그야말로 만만찮은 일이었다. 누구든 혹한을 견디지 못해 죽든지 아니면 혹한에 버티도록 강해져야만 했다. 어떻게 해서든 살아남든지 단명해 교회 묘지의 염분 많은 잔디밭에 묻히든지 선택할 수밖에 없었던 것이다.

플로렌스는 아담한 키에 조금은 말랐지만 강단 있어 보이는 여자였다. 앞에서 얼굴을 몇 번 보았어도 막상 떠올리려면 잘 기억나지 않는 그런 외모였는데, 뒷모습도 그러기는 마찬가지였다. 하드버러는 멀찌막이 떨어진 곳에서 모습을 드러내도 그가 누구인지 모든 사람이 금방 알 수 있는 마을이라 조금만 이상한 행동을 해도 금세 입소문을 타고 퍼지기 마련이었다. 그런 풍토임에도 플로렌스는 마을 사람들의 입방아에 오르내린 적이 거의 없었다. 그녀는 계절이 변해도 웬만해서는 옷을 바꿔 입지 않았다. 마을 사람들은 플로렌스가 겨울에 어떤 코트를 입는지 알고 있었는데, 그만큼 그녀는 옷을 구입하면 한두 해 입는 것에서 그치지 않았다.

1959년의 하드버러에는 영화관이나 세탁소는 물론이고 변변한 식당 하나 없었다. 격주마다 토요일 밤에 마을회관 같은 곳에서 영화를 상영하는 것이 고작이었는데, 그런 만큼 주민들은 웬만한 편의 시설 하나쯤 들어서기를 바랐다. 하지만 서점을 바라는 사람은 아무도 없었다. 그런 터라 젊은 미망인 플로렌스 그린이 서점을 열려고 하는 줄은 그 누구도 생각하지 못했다.

*

"은행을 대표하는 입장이긴 합니다만, 저는 대출 승인 결정권이 없습니다. 그렇기 때문에 대출이 꼭 되리란 약속은 드릴 수 없어요. 하지만 제가 보기에 대출이 안 될 가능성은 없을 듯합니다. 지금까지는 정부가 개인 대출을 억제하는 정책을 펼쳤지만, 완화할 조짐이 보이거든요. 물론 이건 국가 기밀이 아니니까 드리는 말씀입니다. 그건 그렇고, 경쟁 상대는 없다고 봐도 되겠네요. '비지 비'라는 수예점 한구석에서 헌책을 취급한다는 이야기를 들었는데, 구멍가게 수준이니까 신경 쓰지 않아도 될 것 같습니다. 그건 그렇고 이력서를 보니 책 판매 경험이 아주 많은 듯하네요. 그런가요?"

플로렌스는 그 경험에 대해 세 번째로 설명하려다 말고 잠시 옛 파트너와의 추억을 떠올렸다. 머리를 짧게 말아 올린 25년 전 추억 속의 플로렌스, 그녀는 런던 위그모어 거리의 밀러 서점에서 연필을 매단 목걸이를 목에 걸고 분주하게 일하고 있다. 당시 판매 직원이었던 그녀의 뇌리에 서점 업무 중 가장 강렬한 기억으로 남아 있는 일은 재고 정리다. "조용히 하고 내 말 좀 들어봐요." 사장은 재고 정리에 들어가기 전, 제비뽑기로 미리 정한 젊은 여자 직원과 남자 파트너의 이름을 천천히 불렀다. 서점에는 남자 직원이 적었다. 플로렌스는 시집 구매 담당인 찰리 그린이 자기 파트너가 된 것을 다행으로 여겼다. 1934년의 일이었다.

"책 판매 경험은 많은 편이에요. 어렸을 때부터 했으니까요. 그리고 책 파는 것도 기술이라면 옛날이나 지금이나 그

기본은 변함없을 거라고 생각해요."

지점장 질문에 플로렌스는 그렇게 대답했다.

"하지만 서점을 직접 운영하신 경험은 없군요. 두어 가지 충고 같은 걸 해드리고 싶은데, 괜찮은지 어떤지 모르겠네요."

당시 하드버러에서 자영업을 하려는 사람은 찾아보기 어려웠다. 내륙까지 영향을 미치지 못하는 바닷바람처럼 신규 자영업 상담은 은행의 축 처진 분위기를 새롭게 바꾸지 못했다.

"괜찮아요. 키블 지점장님의 시간을 빼앗는 것 같아 되레 죄송한걸요."

"아닙니다. 제가 하는 일이 이런 건데요, 뭐. 이렇게 말씀드려도 되는지 모르겠습니다만, 서점을 열기 전에 왜 열고자 하는지 진지하게 생각해보셨으면 합니다. 이건 어떤 사업을 시작하더라도 꼭 필요한 절차입니다. 이 자그마한 어촌에 뭔가 문화적인 서비스 같은 걸 제공하시고 싶은가요? 아니면 돈을 많이 버시고 싶나요? 혹시 10년 뒤면 크게 변해 있을 세상 모습은 조금도 고려하지 않은 채 그저 막연한 생각으로 서점을 여시려는 건 아닌가요? 부인 같은 분을 뵐 때마다 드는 생각입니다만, 소규모 사업을 시작하려는 사람들을 위한 비즈니스 교육 과정이 마련되어 있지 않은 게 몹시 아쉽습니다."

말본새로 보아 은행 관리직을 위한 교육 과정은 있는 것 같았다. 자신 있는 주제로 이야기가 흘러가자 키블 지점장의 말은 갑자기 불어난 강물처럼 많아졌다. 그는 대출 조건과 상환 구조뿐 아니라 기회비용이 어떻다는 등 전문적인 용어를 들먹이며 쉴 새 없이 떠들었다.

"그린 부인, 저는 바로 이 점을 강조하고 싶습니다. 이런 말을 들을 줄은 생각도 못 하셨겠지만, 저처럼 상황을 거시적으로 바라보는 사람 눈에는 아주 명백해 보입니다. 요점만 말씀드리지요. 일정 기간 지출이 수입을 상회하게 되면 머지않아 자금난에 허덕이게 됩니다. 이건 불가피한 겁니다."

이는 열여섯 살 무렵 사회에 첫발을 내디딘 플로렌스가 첫 월급을 받은 날부터 알게 된 너무나 뻔한 사실이었다. 그녀는 그것을 말이라고 하느냐며 핀잔하고 싶은 충동을 꾹 눌렀다. 몇 시간 전 플로렌스는 시장을 가로질러 세차게 부는 겨울 바닷바람에도 끄떡하지 않은 채 떡 버티고 선 붉은 벽돌의 은행 건물로 들어서면서 어떤 상황에 놓이든 현명하게 처신하기로 마음먹었다. 지점장이 자꾸만 헛소리를 늘어

놓아도 그 결심을 번복할 수 없었다.

"밀러 서점이 문을 닫을 예정이라더군요. 그래서 필요한 책을 인수하기로 했어요. 돈이 얼마 들지 아직 견적은 내보지 않았습니다."

플로렌스는 밀러 서점이 폐업한다는 소식을 들은 순간 추억이 짓밟힌 것 같은 기분을 느꼈다.

"그런데 키블 지점장님은 제가 쓰려는 올드하우스와 굴창고의 매매가로 3,500파운드가 적당하다고 말씀하셨죠?"

플로렌스는 단호한 말투로 물었다. 예상 밖으로 키블은 대답을 망설였다. 그는 한참 동안 뜸을 들였다가 이렇게 말했다.

"그 건물은 오랜 기간 비어 있었습니다. 당연한 이야기지만, 매매가는 저보다 부동산업자들이 잘 알 테니 그 사람들에게 물어보세요. 사무 변호사*와 상담해도 좋겠지요. 말이 나왔으니 여쭙고 싶은데, 그 사무 변호사 이름이 손턴 맞나요?"

지점장은 나름 이것저것 완벽하게 조사한 사실을 내세우고 싶은 모양이었다. 하지만 하드버러에는 사무 변호사가

---

* 토지나 건물 매각을 위한 서류 관련 업무나 법률 자문 등을 주로 하는 변호사.

딱 둘뿐이라 조사하고 말고 할 것도 없었다.

"제 개인적인 생각입니다만, 그 건물은 낡을 대로 낡은 데다 습기 문제로 매매가가 더 떨어질 수 있다고 봅니다. 건물이 다리가 있어서 도망칠 리는 없으니까 좀 더 기다려보시는 게 어떻습니까?"

"습기요? 하드버러에서 습기를 걱정하지 않아도 되는 건물이 이 은행 말고 또 있나요? 온종일 이런 쾌적한 건물에서 일하니까 판단력이 흐려져 다른 데도 이런 줄 아시나 봐요."

기다려보라는 말에 언짢아진 플로렌스가 날카롭게 받아쳤다.

"……저는 은행 지점장입니다. 그 건물이 다른 용도로 쓰일 가능성이 있다는 걸 알고, 실제로 부인께서 그렇게 하셔도 이해할 수 있는 위치에 있는 사람이지요. 당연한 말이지만 그 건물은 언제라도 되팔 수 있습니다."

"저 또한 당연한 말이지만, 매매가는 되도록 적게 책정됐으면 좋겠어요."

플로렌스가 계속 날을 세우고 말하자 사려 깊은 미소를 띠던 키블의 얼굴이 딱딱하게 굳어졌다.

"그리고 그 건물은 투기 목적으로 매입하려는 게 아닙니다. 되팔려는 게 아니라고요. 중년 여자가 새 출발 운운하니까 수상쩍게들 여기는지 어떤지 모르겠지만, 이왕 시작했으니까 끝을 보고 싶어요. 마을 분들은 올드하우스가 어떤 용도로 쓰이길 바라죠? 왜 7년 가까이 관리도 하지 않고 방치했나요? 그 이유는 뭐죠? 건물 지붕은 이미 절반쯤 무너져 내렸고, 안에는 까마귀가 둥지를 튼 데다 쥐들이 풍기는 고약한 냄새가 진동했어요. 그렇게 방치할 바에는 마을 사람들이 책을 구입할 수 있는 공간으로 탈바꿈하는 게 좋지 않을까요?"

"이 마을의 문화 발전에 공헌하시고 싶습니까?"

키블이 존경과 연민이 섞인 목소리로 물었다.

"그 정도까지 거창하지는 않아요. 물론 문화는 중요한 거죠. 하지만 적자를 보면서까지 서점을 운영할 생각은 없어요. 셰익스피어도 비영리적으로 글을 쓰지 않았잖아요."

플로렌스는 쉽게 당황하는 성격이지만 책과 서점에 대한 열정으로 침착함을 유지할 수 있었다. 키블은 달래는 목소리로 독서는 시간이 너무 많이 걸리는 게 흠이라고 말했다.

"저 역시 한가한 시간이 많았으면 좋겠습니다. 세상 사람들은 은행 업무에 대해 크게 오해하고 있어요. 시간이 남아도는 줄 압니다. 개인적인 이야기지만, 저는 퇴근 뒤 여가 활동을 즐길 시간이 거의 없습니다. 침대 옆 탁자에 아주 훌륭한 책을 몇 권 올려놓고는 있지요. 그러니 아예 책을 안 읽는다고 오해하지 마세요. 그런데 침대에 누워서 두어 페이지 넘기다 보면 스르르 졸음이 몰려옵니다."

그런 식으로 읽다 보면 책 한 권 다 읽는 데 1년도 넘게 걸릴 터였다. 그런 데다 책 한 권 값은 평균 12실링 6펜스였다. 플로렌스는 자기도 모르게 한숨을 내쉬었다.

플로렌스는 키블이 어떤 사람인지 잘 알지 못했다. 하드버러 주민들도 대부분 그랬다. 신문이나 라디오에서는 영국이 호황기에 들어섰다고 떠들어 댔다. 하지만 하드버러 주민들은 여전히 불황에 허덕였고, 그 원인을 은행 지점장인 키블이 제공하기라도 한 듯 그를 좋게 보지 않았다. 하드버러의 청어 어획량은 해마다 줄었다. 해군에서도 신병을 모집하지 않았다. 갈수록 느는 것은 얼마 안 되는 수입으로 근근이 생활하는 퇴직자 수였다. 키블이 애지중지하며 몰고 다니는 최신형 승용차 오스틴 케임브리지의 창을 내리고 환하게 미소 지은 채 손을 흔들어도 주민들은 그의 시선을 피했다. 그가 플로렌스를 상대로 장황하게 이야기를 늘어놓는 데는 마을 주민들의 냉대도 한몫할 터였다. 이야기의 내용은 공적인 상담과는 거리가 먼, 하품이 나올 정도로 지극히 개인적인 것이었다.

*

　키블 지점장도 플로렌스 그린과 마찬가지로 고독한 사람
이었다. 비단 두 사람뿐 아니라 하드버러 주민들 대부분 고
독했다. 하드버러의 동식물을 연구하는 사람, 갈대를 베는
사람, 집배원, 습지대에 사는 레이븐도 마찬가지였다. 그들
은 바람을 등진 채 자전거를 타고 마을을 오갔다. 하드버러
는 탁 트인 지형 덕에 어디에서든 시선을 모을 수 있었다. 그
리고 이곳에서는 지평선 너머로 나타난 사람을 보고 몇 시
인지 짐작할 수도 있었다.

　주민들 대부분은 밖으로 나다니지도 않았다. 특히 서퍽주
에서 가장 오래된 명문가의 후손인 브런디시 씨는 굴 안에
콕 틀어박힌 채 꼼짝하지 않는 오소리처럼 살았다. 무더운
여름 짙은 녹색과 회색이 섞인 트위드 재킷 차림의 브런디
시 씨가 어쩌다 한 번 모습을 드러내면, 가시금작화가 우거
진 덤불 속에서 혼자만 바람에 흔들리는 가시금작화처럼 보
였다. 심지어 질척질척한 진흙 위에 놓인 마른 흙덩이처럼
보일 때도 있었다.

　가을이 되어 날이 선선해지면 그는 온종일 집에 틀어박혀
지냈다. 마을 주민들은 안하무인으로 일관하는 브런디시 씨

의 태도를 흉보았다. 그리고 그 같은 태도에 분노하기도 했지만, 이는 해 질 녘까지 맑으리라 예상한 하늘이 종일 먹구름을 잔뜩 머금은 것에 화를 내는 정도에 불과했다.

하드버러는 바다와 강 사이에 있는 섬 같은 마을로 겨울이 찾아오면 곧바로 추위에 파묻혔다. 주민들이 무신경했거나 관심을 기울이지 않은 탓인지 마을의 교통수단은 대략 50년 주기로 사라졌다. 1850년 무렵에는 레이즈강에 배가 다니지 못하게 되면서 부두를 비롯해 근처 바다를 오가던 페리가 무용지물이 되어버렸다. 1910년에는 선개교*가 폭삭 무너져내린 바람에 강을 건너려면 색스포드까지 15킬로미터 넘게 돌아가야 했다. 1920년에는 철도마저 사라져버렸다. 그 때문인지 그 뒤에 하드버러에서 태어나고 자란 아이들 대부분은 헤엄을 쳐서 강을 건널 줄 알았다. 게다가 잠수부만큼이나 잠수도 잘했다. 하지만 기차를 타본 적은 없었다. 아이들은 프라이 회사의 코코아나 철분제를 광고하는 녹슨 양철판이 바람에 삐걱거리며 흔들리는 런던 앤드 노스이스턴 철도역을 경외의 눈으로 바라보았다.

---

* 배가 통과할 수 있도록 바닥 일부가 수평으로 회전하며 열렸다 닫혔다 하는 다리.

1953년 큰 홍수로 제방이 무너진 바람에 항구는 썰물 때만 그럭저럭 안전하게 오갈 수 있는 곳으로 변했다. 제방이 무너진 뒤로 레이즈강을 건너려면 소형의 페리에 의존해야만 했다. 페리 선장이 분필 조각으로 자그마한 오두막 문에 배 운항 시각을 적어 놓았지만, 하드버러 주민들은 정확한 시각을 알 수 없었다. 오두막이 마을에서 한참 떨어져 있는 데다 페리 선장이 운항 시각을 멋대로 바꾸기 때문이었다.

키블 지점장과 이야기를 마친 플로렌스는 자신이 은행에 다녀온 사실이 이미 온 마을에 퍼졌을 거라고 확신했지만, 그러거나 말거나 상관없다고 생각하며 산책에 나섰다. 그녀는 이름도 모르고 무슨 종인지도 알 수 없는 자그마한 벌레들이 바스락거리거나 물방울을 튀기는 소리에 이끌리듯 습지에 놓인 판자 위를 걸었다. 머리 위로는 갈매기와 까마귀들이 한가로이 날고 있었고, 바람은 방향을 바꾸어 내륙 쪽으로 불고 있었다.

습지대 너머에 있는 쓰레기장 뒤로 농가 사람들이 울타리를 둘러친 드넓고 거친 들판이 보였다. 플로렌스는 자기 이름을 부르는 소리를 들었다. 엄밀히 말해 그 소리는 순식간에 나타났다 사라지는 바람 같아서 '들었다'기보다 '보았다'는 표현이 옳을 터였다. 습지대에 사는 남자가 플로렌스를 손짓으로 불렀다.

"안녕하세요, 레이븐 씨."

플로렌스가 들릴 듯 말 듯한 목소리로 인사했다.

레이븐은 마땅한 사람이 없으면 마을의 수의사 노릇도 했다. 레이븐이 서 있는 땅은 마을 공동 소유였는데, 일주일에 5실링을 내면 누구든 그곳 목초지를 사용할 수 있었다. 레이븐의 맞은편 끄트머리에는 밤색의 서픽종 말이 서 있었다. 거세된 채 밭갈이용으로 쓰이는 그 늙은 말은 울타리 부근에서 발을 쿵쿵 구르고 둥그스름한 머리에서 대못처럼 뾰족튀어나온 귀를 예민하게 움직이며 자신의 영역에 들어온 두사람을 수상한 눈초리로 바라보았다.

플로렌스는 5미터쯤 가까이 다가가서야 레이븐이 레인코트를 빌려달라고 자기를 불렀다는 걸 알았다. 레이븐은 거친 재질의 옷을 겹겹이 껴입고 있어서 옷을 다 벗으려면 시간이 한참 걸릴 것 같았다.

레이븐은 꼭 필요하지 않으면 좀처럼 부탁하지 않는 사람이었다. 고개를 꾸벅 숙이고 레인코트를 받아든 레이븐은 플로렌스가 추위를 피해 가시나무 울타리 근처에서 바람을 등지고 서 있는 동안 미심쩍은 눈빛으로 자기를 바라보는 늙은 말 쪽으로 조용히 다가갔다. 커다란 콧구멍을 벌름

거리며 레이븐의 움직임 하나하나를 예의 주시하던 말은 그가 고삐를 쥐고 있지 않은 것을 알아채고서야 경계심을 푼 듯 보였다. 이윽고 녀석은 레이븐의 말을 순순히 따라야 할지 말아야 할지 고민하는 표정으로 숨을 한 차례 크게 내쉬고 코끝부터 발끝까지 부르르 떨더니 머리를 숙였다. 레이븐은 레인코트의 한쪽 소매를 말 목에 묶었다. 말은 저항하는 듯 머리를 위쪽으로 휙 돌리는가 싶더니 이내 울타리 아래 넓게 펼쳐진 촉촉한 땅에 새롭게 돋아난 풀을 찾으려는 시늉을 했다. 하지만 풀 한 포기 보이지 않았다. 녀석은 내키지 않는 걸음걸이로 레이븐을 따라 들판을 가로질러서는 자기를 본체만체하는 소의 무리를 지나서 플로렌스가 서 있는 곳으로 다가왔다.

"말 건강 상태가 안 좋나요?"

플로렌스가 물었다.

"풀을 뜯기는 하는데 영양분을 얻지 못하는 모양이오. 이빨이 뭉툭하게 무디어져 풀을 제대로 씹지 못해 영양분을 얻지 못하는 것 같습니다."

"어머, 그럼 어떡하죠?"

플로렌스는 안타까운 표정으로 말을 바라보았다.

"이빨을 날카롭게 갈아주면 됩니다."

레이븐은 그렇게 대꾸하고 고삐로 쓰려는 듯 주머니에서 짧은 밧줄을 꺼낸 뒤 플로렌스에게 레인코트를 돌려주었다. 플로렌스는 바람을 맞으며 레인코트를 걸치고 단추를 채웠다. 레이븐은 늙은 말을 자기 쪽으로 바짝 끌어당겼다.

"그린 부인, 잠깐 이 녀석의 혀를 손으로 꽉 잡아주겠어요? 누구나 할 수 있는 일은 아니지만, 부인은 겁 없는 사람이니까 가능할 거요."

"제가 겁 없는 사람인지 어떻게 아시죠?"

"서점을 연다는 소문이 온 마을에 퍼졌더군요. 용기는 없고 겁만 있으면 그런 무모한 도전은 절대로 못 하지요."

레이븐은 말의 턱뼈를 뒤덮은 흉측하게 주름진 가죽 아래로 손가락을 집어넣었다. 잠시 뒤 말의 입이 점점 벌어지는가 싶더니 크게 하품하는 듯한 모습으로 바뀌면서 뭉툭한 누런 이빨이 드러났다. 플로렌스는 잠시 머뭇거리다 미끈거리는 검은 혀를 양손으로 덥석 움켜잡았다. 그러고는 옛날 포경선 선원들처럼 우악스럽게 움켜잡은 혀를 용감하게 위로 번쩍 들어 올렸다. 혀 아래로 나란히 박힌 벽돌 같은 이빨이 보였다. 말은 땀을 뻘뻘 흘리며 어서 빨리 이 시련이 끝나기만을 기다리는지 가만히 서 있다가도 이런 야만적인 행동이 용서받을 수 있겠느냐고 항의하듯 이따금 귀를 쫑긋 세웠다. 그러거나 말거나 레이븐은 커다란 줄로 말의 이빨 끝을 갈기 시작했다.

"그린 부인, 조금만 더 꽉 잡고 있어요. 손에서 힘을 빼면 안 돼요. 혀가 굉장히 미끄러우니까요."

말 혀는 마치 따로 독립한 생명체 같았다. 양손에 힘을 잔뜩 주어도 자꾸만 꿈틀거렸다. 말은 앞발을 천천히 몇 번 구르더니 네 발 모두 땅에 제대로 닿는지 알아보기라도 하듯 연달아 쿵쿵 구르기 시작했다.

"레이븐 씨, 말은 앞에 있는 사람은 발로 못 차죠?"

"마음만 먹으면 찰 수 있어요."

플로렌스는 밭을 가는 서퍽종 말은 달릴 줄만 알지 다른 것은 잘 못 한다는 이야기를 들은 기억을 떠올렸다.

"서점 여는 게 어째서 무모한 도전이라고 생각하세요? 하드버러 사람들은 책을 사서 읽을 줄 모르나요?"

플로렌스가 바람이 불어오는 쪽으로 얼굴을 돌리며 외쳤다.

"이 마을 사람들은 진귀한 물건은 사려고 하지 않아요."

레이븐이 여전히 말 이빨을 갈면서 대꾸했다.

"훈제 청어만 해도 그래요. 살짝 훈제한 청어에 소금을 비롯해 갖가지 풍미를 더한 블로터라는 게 있잖아요. 그런데

이 마을 사람들은 평범한 훈제 청어만 찾아요. 부인은 속으로 이렇게 생각할 거요. 책을 진귀한 물건으로 여기면 안 된다고 말이오."

늙은 말은 레이븐과 플로렌스의 손아귀에서 벗어나자 크게 숨을 내쉬고 두 사람을 경멸의 눈초리로 쏘아보았다. 그 품위 있는 짐승의 배 속에서 뿔피리와는 다른 묵직한 나팔 소리가 울렸다. 그 소리는 점점 약해지는 듯하더니 낄낄거리며 웃는 것 같은 소리로 바뀌었다. 말의 몸에서 미세한 흙먼지가 피어올랐다. 그것은 마치 현관에 깔아놓은 매트를 막대기로 쳤을 때 뿜어져 나오는 먼지 같았다. 이윽고 말은 아무 일 없었다는 듯 멀찌막이 달려가서는 풀을 뜯기 위해 머리를 숙였다. 그러고는 녹색의 싱싱한 안젤리카 잎을 정신없이 뜯어 먹기 시작했다.

레이븐은 늙은 말이 조금 전의 일을 까맣게 잊은 채 아주 기분 좋아할 거라고 단언했다. 플로렌스는 레이븐 말에 동의할 수 없었다. 그렇더라도 그녀는 자신이 레이븐의 신뢰를 얻었다고 확신했다. 하드버러에서 타인의 신뢰를 얻는 것은 결코 쉬운 일이 아니었다.

2

플로렌스가 매입하려는 건물을 '올드하우스'라고 부르는
데는 그만한 이유가 있었다. 신축 건물은 마을 북서쪽에 있
는 미완성 공영 단지에 가야만 볼 수 있었다. 마을에 있는 건
물 대부분은 18세기에서 19세기에 걸쳐서 지어졌는데, 올
드하우스와 견줄 만큼 오래되고 낡은 것은 없었다. 올드하
우스보다 조금이라도 오래된 건물이 있다면 브런디시 씨가
사는 홀트하우스뿐이었다. 이름처럼 낡고 오래된 올드하우
스는 흙과 밀짚과 나뭇가지를 섞어 지은 데다 떡갈나무로
들보를 올린 500년 된 건물로, 홍수가 날 때마다 돌계단 아
래에 있는 지하실로 물이 빠져나가는 바람에 지금까지 버틸
수 있었다. 하지만 1953년에는 지하실에 바닷물이 2미터쯤

깊이로 차 있었고, 지금도 그 물이 다 빠져나가지는 않았다.

올드하우스 1층에는 드넓은 거실이, 뒤쪽에는 부엌이 붙어 있었다. 그리고 2층에는 천장이 비스듬히 기울어진 침실이 있었다. 매입하게 되면 딸려 오는 굴 창고는 건물과 붙어 있지 않고 길을 두 번 건넌 바닷가에 위치해 있었다. 플로렌스는 그 창고를 책을 보관하는 서고로 쓸 계획이었지만, 벽을 보강한답시고 바닷모래와 회반죽을 섞어 바른 것이 화근이었다. 바닷모래는 잘 마르지 않는다는 사실을 나중에야 알았다. 벽에 바닷모래가 섞인 창고 같은 곳에 책을 보관하면 습기에 의해 며칠도 안 되어 종이가 울게 된다. 다행인지 그 실패로 인해 플로렌스는 하드버러에서 가게를 운영하는 몇몇 사람과 친해졌다. 그 사람들은 벽 보강 작업에 대한 자기들의 조언을 듣고 감사하는 플로렌스의 태도에 호감을 느끼고 그녀를 응원해주었다.

하드버러에서 오래 거주한 사람들은 플로렌스가 구입한 낡은 건물에서 유령이 출몰한다고 생각했다. 사람들이 솔깃할 만한 이야기라서 플로렌스 입장에서는 모른 체할 수 없었다. 해 질 무렵이면 한 여인이 페리가 드나드는 부두에 우두커니 서서 백여 년 전 물에 빠져 죽은 아들이 돌아오기를 기다린다는 이야기도 나돌았다. 올드하우스에서 출몰하는 유령은 그런 애절한 사연과 거리가 멀었다. 폴터가이스트라는 이 유령은 시끄러운 소리를 내고 물건을 마구 집어 던지고 가구를 뒤집어엎는 등 난동을 부렸다. 폴터가이스트에다 습기와 여전히 해결되지 않은 지하실 배수 문제까지 더해진 탓에 올드하우스를 구입하려는 사람이 쉽게 나타날 리 없었다. 부동산업자의 입장에서는 건물의 매매 계약을 체결하는 자리에서 굳이 폴터가이스트의 출몰을 밝힐 필요가 없었을 것이다. 그런 사실을 고지할 법적 의무 같은 것도 없으니까. 어쩌면 부동산업자는 "아주 먼 시대에 와 있는 듯 생경한 분위기를 느낄 수도 있다"라는 말로 폴터가이스트의 존재를 충분히 알렸다고 생각할지도 모른다.

하드버러 사람들은 시끄럽게 소란을 피운다며 폴터가이스트를 래퍼라고도 불렀다. 그 소란은 몇 년 동안 지속되다가 어느 순간 뚝 그치곤 했다. 그런데 래퍼가 내는 소리는 폐쇄된 곳에 갇혀 밖으로 나가려고 해도 나갈 수 없어서 좌절과 함께 격렬한 분노로 외치는 비명 같았다. 그리고 한 번 들으면 다른 소리와 절대 혼동하지 않을 정도로 특이했다.

"댁의 래퍼가 내 연장에 앙심을 품었나 봅니다."

배관 공사가 어떻게 되어 가는지 살피러 온 플로렌스에게 배관공이 태연하게 말했다. 2층 복도에는 배관공이 가지고 온 연장통이 엎어져서 각종 연장이 흩어져 있는 데다 아름다운 수련 문양이 새겨진 연청색 타일이 여기저기 널브러져 있었다. 수도관이 중간쯤에서 연결되다 만 목욕탕 안에서는 무언가 무시무시한 것이 들어앉아 있는 듯 묘한 기운이 흘러나오고 있었다. 호감 가는 인상의 배관공이 차를 마시러 나간 사이 플로렌스는 목욕탕 문을 닫고 잠시 기다렸다가 날카로운 눈빛으로 안을 들여다보았다. 올드하우스에서 겁도 없이 그러고 있는 플로렌스를 마을 사람이 본다면 미쳤다고 생각할 터였다. 누군가 미친 짓을 하면 하드버러에서는 '보통이 아니다'라고 표현했다. 이는 중태에 빠진 사람을 '몸이 좀 안 좋다'라고 표현하는 것과 비슷했다.

"이 집에서 계속 살면 나를 보통이 아니라고 하겠네요."

플로렌스는 휴식을 마치고 돌아온 배관공에게 그렇게 말하고, 앞으로 '댁의 래퍼'라는 말은 삼가달라고 부탁했다. 그러자 샘 윌킨스라는 배관공은 이렇게 대꾸했다.

"부인이라면 이런 집에서도 잘 견뎌낼 거라고 봅니다."

플로렌스는 기분이 묘했다. 문득 한창 젊은 시절 밀러 서점에서 친하게 지내던 사람들이 보고 싶었다. 어느 날 서점에 출근한 그녀는 자그마한 다이아몬드가 박힌 결혼반지를 동료들에게 보여주려고 얇은 가죽 장갑을 벗었다. 그러자 동료들이 자기 일인 듯 기뻐하며 결혼 선물 목록을 만드는 등 가슴 벅찰 정도로 축하해주었다. 제2차 세계대전이 일어나고 얼마 지나지 않아 남편 찰리가 임시 주둔지에서 폐렴으로 사망했을 때도 서점 동료들은 함께 슬퍼하며 위로해주었다. 그런데 지금은 우편물 또는 상품 발송을 담당하거나 판매 부서에서 일했던 여자 동료들과도 연락이 끊겼다. 몇몇 동료의 주소를 알고 있기는 하지만 플로렌스는 상대방도 자신과 마찬가지로 속절없이 나이만 먹은 것을 받아들이기 싫어하리라 생각하며 연락하지 않고 있었다.

하드버러에도 플로렌스가 아는 사람은 있었다. '로다 양장점'의 로다는 플로렌스가 갈 때마다 반갑게 맞아주었다. 하지만 그녀는 플로렌스의 말을 귓등으로 흘리기 일쑤였다. 원래 이름이 제시 웰포드인 로다는 플로렌스가 새 드레스를 맞추려 하자 플로렌스의 의견은 묻지도 않고 견본부터 내밀었다.

"스테드에서 가맛 장군 부부가 여는 파티에 입고 갈 드레스라고 하셨죠? 저라면 드레스를 빨간색으로 하지 않을지도 몰라요. 하지만 런던에서도 손님이 많이 온다면서요."

가맛 부인과는 몇 차례 자선사업 모금에 참여한 것을 계기로 만나면 서로 미소 지으며 가볍게 목례하는 사이일 뿐,

그 이상은 아니었다. 그렇기 때문에 플로렌스는 가맛 부인이 궁궐 같은 스테드에 자기를 초대할 줄은 꿈에서도 생각하지 못했다. 런던에서 오기로 한 책은 아직 한 권도 도착하지 않았다. 그런데도 플로렌스는 가맛 부인의 초대를 책이 지닌 마력에 경의를 표하려는 행위일 것이라고 여겼다.

*

배관공 샘 윌킨스는 목욕탕 수도관을 수리한 데다 벽이며 지붕의 기와까지 말끔하게 마무리했다. 이에 만족한 플로렌스는 거주하던 아파트에서 짐을 챙겨 나와 대담하게도 올드하우스에서 지내기로 마음먹었다. 하지만 수련 문양이 새겨진 연청색 타일로 장식된 집이기는 해도 마음이 놓이지는 않았다. 연결 상태가 좋지 않은지 밤이 되면 배수관에서 유령이 울부짖는 듯한 소리가 한참 동안 이어져 집 안의 정적을 깨트리곤 했다. 그때마다 플로렌스는 용기와 인내심도 시험을 받지 않으면 아무짝에도 소용없다며 스스로를 위로했다. 그러면서 제시 웰포드가 새 드레스를 가지고 오는 날만이라도 집 안이 조용하기를 바랐다. 그런데 다행스럽게도 드레스를 가지러 로다 양장점으로 직접 올 수 없겠느냐는 연락을 받았다.

"아무리 봐도 이 색은 저한테 안 어울리는 것 같아요. 이걸 루비색이라고 하나요?"

플로렌스가 드레스를 가리키며 묻자, 제시는 루비보다 석류석이나 짙은 적갈색에 가까운 색이라고 말했다. 플로렌스는 그 말에 기분이 좀 가벼워졌지만 드레스를 입고 막상 거울 앞에서 몸을 움직여보자 빨간색 계통의 색상이 썩 마음에 들지 않았다.

"등이 좀 파인 것 같네요. 뭐, 파티 내내 등을 벽에 바짝 대고 서 있으면 괜찮겠지만……."

"입고 있으면 금세 익숙해져요. 게다가 액세서리 한두 개만 달면 사람들 시선이 그쪽으로만 쏠릴 테니 걱정할 필요 없어요."

제시가 자신 있게 말했다.

"과연 그럴까요?"

플로렌스는 고개를 갸웃거렸다. 새 드레스가 몸에 맞는지 어떤지 알아보기 위해서가 아니라 어떻게 하면 남의 눈에 띄지 않는지 상담하러 양장점에 온 것 같은 생각이 들었다.

"어떻게 보면 이런 드레스 차림으로 밤 모임에 나가는 데에는 제가 더 익숙하지 않을까 싶네요. 사실 저는 브리지라는 카드 게임을 즐겨 해요. 그런데 이 마을에서는 브리지를 할 기회가 없어서 일주일에 두 차례 플린트마켓까지 가요. 오전에는 100점당 1페니고, 저녁에는 2펜스로 정해져 있어요. 물론 거기에는 롱드레스 차림으로 간답니다."

제시는 두어 걸음 뒤로 물러서서 거울을 가리고는 드레스가 플로렌스 몸에 딱 맞게 핀으로 고정했다. 제아무리 정성을 들여 드레스를 만들어도 자기 몸이 날씬해 보이도록 하는 데는 한계가 있다는 사실을 플로렌스는 잘 알고 있었다.

"솔직히 파티 같은 곳엔 가고 싶지 않아요."

"그럼 제가 대신 가줄까요? 그럴 수 있다면 정말 좋겠네요. 모든 음식을 꼭 런던에서 가져와야 한다는 가맛 부인의 고집은 마음에 들지 않지만, 얼마나 잘 차려놨는지는 궁금하니까요. 나 같으면 주방에 서서 샌드위치가 충분한지 부족한지 세고 있을 텐데, 거기에서는 그런 행동하지 않겠죠? 일단 파티장에 들어가면 외모 같은 건 신경 쓰지 마세요. 부인을 주의 깊게 바라볼 사람도 없겠지만, 어쨌거나 가만히 있어도 거기에 있는 이들 모두 자연스레 알게 될 테니까요."

*

플로렌스는 애당초 외모에 신경 쓰지도 않았거니와 그러고 싶은 마음도 없었다. 스테드는 현관에 손님의 코트나 모자가 걸려 있어서 그 안에 들어가기 전 이미 누가 와 있는지 대략 짐작할 수 있는 그런 곳이 아니었다. 벽을 느릅나무로 장식하고 반들반들 윤기가 나게 문질러 닦은 널찍한 현관홀로 들어서자 따스한 온기가 느껴졌다. 한겨울에도 추위와는 아무런 상관이 없는 곳 같았다. 플로렌스는 로다 양장점에 있는 것보다 훨씬 크고 깨끗한 거울에 비친 자기 모습을 본 순간, 역시 빨간색 계통의 드레스를 입지 말았어야 했다고 생각했다.

바로 앞에 있는 문 너머에서 낯선 사람들의 말소리가 들렸다. 그곳은 연녹색의 아름다운 방인데, 그 색은 스테드가 건축된 18세기 조지 왕조 때 왕가 협회에서 추천해 칠한 것이었다. 그 방의 피아노와 자그마한 탁자 위에 놓인 은장식 액자에 담긴 사진만 보아도 가맛 가문 사람들의 인맥을 어렴풋이 짐작할 수 있었다. 그런 인맥 덕에 바이올렛 가맛은 하드버러에서 멀리 떨어진 지역의 권력가들과도 친분을 유지하고 있었다.

바이올렛의 남편인 가맛 장군은 방마다 돌아다니며 서랍과 찬장을 열었다 닫곤 했다. 무언가 물건을 찾으려는 게 아니었다. 그저 이 방 저 방 기웃거리며 돌아다닐 구실이 필요했을 뿐이다. 1950년대 런던에서는 등장인물이 몇 개의 문을 통해 빈번하게 들락날락했다가 3시간 뒤 시작되는 제2막에서 다시 등장하는 식의 연극을 쉽게 볼 수 있었다. 가맛 장군은 그런 연극에 잘 어울리는 인물이었다. 그는 긴장한 얼굴에 억지웃음을 짓고 날카로운 눈빛으로 술과 음식 사이를 누비며 아주 잠깐이라도 자기가 필요한 순간을 찾으려고 했다. 샴페인 병의 코르크 마개를 뽑는 것은 일반적으로 남자 몫이기 때문에 장군은 그 일이라도 하려고 호시탐탐 노리고 있을지도 몰랐다.

그 파티에는 키블 지점장을 비롯해 마을 교회 목사나 플로렌스의 사무 변호사인 손턴 씨도 참석하지 않았다. 하드버러에 사무소를 차린 또 다른 사무 변호사 드러리 씨의 모습도 찾아볼 수 없었다. 플로렌스는 지위가 높은 편인 공무원의 뒷모습을 보고 낯익은 느낌을 받았는데 그뿐, 낯선 사람투성이였다. 그 파티는 지역 유지들과 런던에서 온 손님들을 위한 자리 같았다. 플로렌스는 자신이 왜 이런 자리에 초대받았는지 그 이유를 곧 알게 되리라고 생각했다. 그리고 예상대로 금세 알아챘다.

가맛 장군은 전혀 위압적으로 보이지 않았다. 그는 아내의 혈연도 아닌 듯한 작은 체구의 플로렌스를 보자 굳었던 표정을 풀고 마개를 뽑은 열 병쯤 되는 샴페인 가운데 한 병을 들고 와서 커다란 잔에 따른 뒤 플로렌스에게 내밀었다. '흠, 아내의 지인이 아니라면 말실수를 해도 나중에 아내한테 책망받을 일은 없겠구먼. 그런데 어디선가 두어 차례 본 얼굴인데 누군지 영 생각이 안 나는걸.' 머릿속에서 뭉실뭉실 부풀어 오르는 궁금증이 가맛 장군의 얼굴에 그대로 투영되어 있었다. 플로렌스는 장군의 생각을 읽고 마을에 서점을 열려는 사람이라며 자신을 소개했다.

"아, 그렇군요. 곧 서점을 오픈할 생각이라고요? 제 아내 바이올렛이 관심을 갖고 있더군요. 댁과 이야기를 나누고 싶어 하던데, 나중에 따로 자리를 마련하겠습니다."

플로렌스는 이 정도 규모의 파티를 주최한 가맛 부인이라면 자신을 만날 기회쯤이야 얼마든지 만들 수 있으리라고 생각했다. 물론 그녀는 자신이 특별 취급을 받을 만한 사람이 아니라는 사실을 잘 알고 있었다. 플로렌스는 샴페인을 조금 마셨다. 온종일 그녀 자신을 괴롭힌 걱정거리가 입 안에 머금은 황금빛 액체 안에서 작은 거품을 일으키며 사르르 녹아 흔적도 없이 사라지는 것 같았다.

플로렌스는 가맛 장군이 그만 다른 데로 가기를 바랐지만 장군은 좀처럼 곁을 떠나려 하지 않았다.

"서점에는 어떤 책을 갖다 놓을 생각인가요?"

플로렌스는 장군의 질문에 뭐라고 대꾸해야 할지 몰라 망설였다.

"요즘에는 시집 출판을 잘 하지 않는 모양입니다. 시집 구경하기가 쉽지 않더군요. 안 그런가요?"

장군의 계속되는 질문에 플로렌스는 어쩔 수 없이 말문을 열었다.

"다른 책에 비해 잘 팔리지는 않겠지만 시집도 갖다 놓을 생각이에요. 그런데 어떤 책을 갖다 놓으면 좋은지 파악하려면 시간이 좀 걸릴 것 같네요."

플로렌스의 말에 장군은 그런 일에 시간이 왜 걸리냐는 듯 의아한 표정을 지었다. 가맛 장군은 지휘관으로서 부하들의 일거수일투족을 파악하는 데 긴 시간을 들인 적이 없는 인물이었다.

"'죽는 건 쉽다. 오직 이 한 마디뿐, 그들은 죽었다'라는 시, 누가 썼는지 아시오?"

플로렌스는 아쉽게도 안다고 대답할 수 없었다. 가맛 장군의 기대 어린 눈빛이 금세 흐려졌다. 그는 전에도 사람들에게 똑같은 질문을 던진 모양이었다. 그것도 한두 번 그런

게 아닌 듯싶었다.

장군은 플로렌스를 물끄러미 바라보다 유리잔과 접시가
부딪치며 내는 소음 속에서 들릴락말락 작은 소리로 이렇게
말했다.

"찰스 해밀턴 솔리라오."

플로렌스는 이름을 듣자마자 이미 세상을 떠난 시인이라
는 걸 알았다.

"당시 몇 살이었어요?"

"솔리 말이오? 스무 살이었소. 서퍽 연대 제9대대 B보병
중대 소속이었지요. 1915년에 벌어진 루스 전투에서 전사
했소. 살아 있다면 저와 마찬가지로 올해 예순넷이오. 동갑
내기라서인가요? 안타깝게 세상을 일찍 떠난 솔리가 문득
문득 생각납니다."

가맛 장군은 그 말을 끝으로 발을 질질 끌며 정신 사나울
만큼 시끄러운 무리 속으로 사라졌다. 플로렌스는 이제 외
톨이가 되었다. 주위 사람들은 친근한 표정으로 서로의 얼
굴을 바라보며 이야기를 나누었다. 그 가운데 몇몇은 은장
식 액자에 담긴 사진에서 본 얼굴이었다. 플로렌스는 누가
누구인지 그다지 관심이 없었다. 여기에 있는 사람들도 낯
선 곳, 가령 밀러 서점의 배송 부서에 들어가게 되면 지금의

플로렌스처럼 무덤덤할 터였다. 플로렌스는 등 뒤에서 들리는 젊은 남자의 온화한 목소리에 고개를 돌렸다.

"댁이 누군지 압니다. 그린 부인 맞지요?"

상대방을 잘 알지 못한다면 남자처럼 자신감 넘치는 목소리로 인사를 건네지 않을 것이다. 플로렌스는 남자를 본 순간 고개를 가볍게 끄덕였다. 낯익은 얼굴이었다. 하드버러 주민이라면 누구나 남자가 어떤 인물인지 조금도 망설이지 않고 말할 터였다. 남자는 직접 차를 몰고 다니며 런던에 있는 TV 방송국 관련 일을 하는 마일로 노스였다. 마일로는 백레인 모퉁이에 있는 넬슨 코티지라는 집에서 살았다. 그런데 그가 구체적으로 무슨 일을 하는지는 아무도 몰랐다. 하드버러 주민들은 런던에서는 사람들이 무슨 일을 하는지 관심을 두지 않았다.

눈에 띄게 키가 큰 마일로 노스는 별다른 노력 없이 그저 순탄한 인생을 살아온 사람이었다. 마일로 입장에서 플로렌스 같은 여자에게 먼저 말을 거는 행위는 에너지를 낭비하는, 그야말로 실속 없는 짓이었다. 그가 상대방을 세심하게 배려하는 태도를 보이는 것은 단순히 성가신 일을 피하기 위한 수단일 뿐, 그 이상도 이하도 아니었다. 그는 상대방이 귀찮게 굴 것 같으면 이를 미리 방지하기 위해 본능적으로 미소를 지으면서 어떤 말을 하든 충분히 공감한다는 듯 상냥한 태도를 취했다. 이런 부류의 남자에게는 나이를 먹는다는 것이 어떤 의미를 띠는지 플로렌스는 궁금했다. 솔직한 감정을 드러내지 않는 사이 모든 감정이 메말라버린 남자, 마일로는 상대방 기분에 맞추어 말하고 상대방에게 흥미를 느끼는 듯 행동하는 것만으로도 세상을 쉽게 살아갈 수 있다는 사실을 몸소 터득한 사람이었다.

"저도 댁이 누군지 알아요. 노스 씨죠? 스테드 파티에 초대받은 건 이번이 처음이에요. 노스 씨는 여기 많이 와 봤죠?"

"네, 자주 초대받고 있지요."

마일로는 그렇게 대꾸하고 플로렌스에게 새 샴페인 잔을 내밀었다. 가맷 장군이 곁을 떠나 파티가 끝날 때까지 홀로 서 있을 줄 알았던 터라 플로렌스는 고마운 마음으로 잔을 받았다.

"아주 친절하시네요."

"아뇨, 친절과는 거리가 먼 사람입니다."

마일로는 오로지 진실만을 말하는 사람처럼 대꾸했다. 상대방을 상냥하게 대하는 사람을 무조건 친절하다고 말할 수는 없을 것이다. 상대방에 따라 가면을 바꾸어 쓰는 사람도 있다. 그런 사람은 상대방의 약한 틈을 찾아 파고들어서 제 멋대로 행동하려고 한다.

"혼자 생활하시죠? 올드하우스로 이사하셨단 말 들었어요. 재혼하실 생각은 없나 봐요?"

플로렌스는 조금 혼란스러웠다. 하지만 지리멸렬한 이야기가 큰 소리로 오가는 시끄러운 무리 속에서 젊은 남자와 함께 대화하고 있자 마음이 차츰 편안해졌다. 시간도 점점 빠르게 흐르는 것 같은 기분이 들었다. 홀에 들어섰을 때 파슬리를 뿌린 샌드위치가 커다란 접시마다 한가득 담겨 있었는데 어느새 빵부스러기뿐, 남아 있는 것이 없었다.

"질문에 대한 답이 될지 모르겠지만, 저는 결혼 생활이 무척 만족스러웠어요. 직장 동료와 결혼했죠. 결혼한 뒤 남편은 지금의 상무부 전신인 상무위원회에 들어갔어요. 그 사람은 밤에 퇴근하고 돌아오면 늘 그날 어떤 일을 했는지 말하곤 했죠."

"행복하셨나요?"

"남편을 사랑했고, 그런 만큼 남편을 이해하려고 노력했어요. 이따금 이런 생각을 해요. 남자와 여자는 서로 이해하려고 해도 결국은 그러지 못할 거란 생각요. 물론 이해하려고 노력은 해야겠지만요."

마일로는 조금 굳은 표정으로 플로렌스를 빤히 바라보았다.

"혼자서 비즈니스를 하기란 쉽지 않은데, 잘 생각해서 내린 결론이겠지요?"

"오늘 처음 뵙습니다만, 저는 노스 씨의 업무 특성상 하드버러에 서점이 생기면 반기실 거라고 생각해요. 노스 씨는 런던의 BBC 방송국에서 작가나 사상가 같은 분들을 많이 만나시겠죠. 그분들이 이따금 신선한 공기를 쐴 겸 노스 씨를 뵈러 이곳에 오지 않을까 싶어요. 그렇잖나요?"

"글쎄요, 그 사람들이 하드버러에 오면 어떻게 맞아야 할지 솔직히 잘 모르겠습니다. 작가들은 한곳에 오래 정착하지 못하고 이리저리 떠돌아다니기 일쑤지요. 사상가들은 어떤지 잘 모르겠지만요. 그 사람들이 찾아오면 캐티가 잘 대응해주리라고 봅니다."

캐티는 마일로 노스와 동거하는 젊은 여자였다. 피부가 까무잡잡한 그녀는 빨간 스타킹을 즐겨 신고 다녔다. 어쩌면 그것은 스타킹이 아니라 타이츠일 수도 있었다. 하드버러에서는 타이츠를 파는 곳이 없었다. 하드버러에서 한참 떨어진 도시인 로웨스터프나 플린트마켓에 가야 살 수 있었다. 정식으로 결혼하지 않고 동거하는 커플은 하드버러에서 오로지 둘뿐이었다. 캐티는 마일로와 함께 BBC 방송국에서 일하는 듯한데, 하드버러에는 월요일과 수요일과 금요일, 이렇게 일주일에 세 번만 왔다. 결혼하지 않은 상태에서는 그러는 게 마을 사람들에 대한 예의라고 생각하는 모양이었다.

"캐티가 오늘 여기에 오지 않아서 아쉽네요."

"잠깐만요! 오늘이 수요일 아닌가요?"

플로렌스가 무심코 소리쳤다.

"물론 하드버러에는 왔지요. 내 말은 이 파티에 참석하지 않아 아쉽다는 겁니다. 사실은 참석하지 않은 게 아니라 내가 오지 말래서 참석하지 못한 거예요. 이러쿵저러쿵 쓸데없는 소리 들을까 봐 오지 말라고 했어요."

플로렌스는 스스로의 신념을 관철하려는 용기가 마일로에게도 있었으면 좋았겠다고 생각했다. 마일로와 캐티에게는 고리타분한 기성세대에 저항하는 젊은 커플로서의 이미지가 있었다. 플로렌스는 두 사람을 떠올리며 '나는 그런 저항을 주저 없이 할 만큼 이제 더는 젊은 게 아니겠지'라고 생각했다.

"아무튼 서점 오픈하면 꼭 한번 오세요. 도움을 받고 싶어요."

"나는 도움이 못 될 겁니다."

자신에게는 도움을 줄 만한 힘이 없다는 점을 강조하듯 마일로가 플로렌스의 양쪽 팔을 살짝 잡고 가볍게 흔들었다.

"빨간색 드레스를 입으셨네요?"

"빨간색이 아니라 석류석 색이에요. 짙은 적갈색이랄 수도 있고요."

마일로 말에 플로렌스는 약간 짜증이 나서 대꾸했다.

하드버러의 공적인 활동 대부분을 후원하는 바이올렛 가맛 부인이 두 사람에게 다가왔다. 부인은 그때까지 두 사람에게서 등을 돌린 채 서 있었는데, 마일로가 플로렌스의 팔을 잡고 살짝 흔드는 걸 눈여겨본 모양이었다. 어쩌면 그녀는 두 사람이 자유분방하다면서 그런 모습이야말로 자기가 주최한 파티에 어울린다고 생각했을지도 모른다. 아무튼 플로렌스는 마침내 가맛 부인과 이야기를 나누게 되었다. 가맛 부인이 먼저 입을 열었다.

"좀 더 일찍 부인과 이야기를 나누려고 했는데, 사람들이 어찌나 나를 불러세우고 놔두지 않는지 이제야 숨을 좀 돌리겠네요. 손님이 정말 많이 와줬어요. 그런데 대부분 언제라도 만날 수 있는 사람들이에요. 이 자리에서 한 말씀 드리자면, 아주 대단한 선견지명과 모험심으로 이번에 새로운 사업을 벌이는 부인을 많은 사람이 감사하게 여기고 있을 거라고 생각해요."

가맛 부인은 빠른 어조로 한껏 상냥하게 말했다. 반짝거리지만 어딘지 어두워 보이는 부인의 눈동자는 무슨 이유에서인지 최대한 크게 벌어져 있었다.

"브루노!"

부인은 남편인 가맛 장군을 부른 뒤 다시 플로렌스에게 고개를 돌렸다.

"남편과는 인사했나요? 브루노, 이쪽으로 와요. 여기에 계신 부인께 인사해야죠. 나도 남편도 영광으로 여긴답니다."

무엇을 영광으로 여긴다는 것인지 플로렌스는 혼란스러웠다. 그런 한편으로 그녀는 묘한 의무감 같은 걸 느꼈다. 가맛 부인을 위해서라면 자신의 인생을 바쳐도 될 것 같은 기분이 들었다.

"브루노!"

가맛 장군은 샴페인 병의 코르크 마개를 뽑다가 손에 찰과상을 입자 그 부위를 보이며 사람들의 눈길을 끌고 있었다. 그는 담소를 나누는 무리에 끼어들어서 자신을 간신히

걸을 수 있는 '상이군인'이라고 칭하며 웃음을 사려고 애썼다.

"우리 모두 하드버러에 근사한 서점이 생기길 기도했어요. 그렇죠, 브루노?"

가맛 장군은 자기를 불러주어서 기쁘다는 표정을 지으며 부인 곁으로 주춤주춤 다가왔다.

"그랬지요. 기도하면 나쁜 일이 일어날 턱이 없어요. 우리 모두 열심히 기도하면 아주 좋은 일이 생길 거요."

"그런데 그런 부인, 한 가지 마음에 걸리는 게 있어요. 뭐, 지극히 사소한 건데요. 아직 올드하우스로 이사한 건 아니죠?"

"아뇨, 이사한 지 일주일도 더 됐는데요."

"어머나, 그래요? 물도 안 나올 텐데……."

"배관공인 샘 윌킨스 씨에게 부탁해서 수도관을 수리했어요."

"바이올렛, 당신은 많은 걸 놓치고 있소."

가맛 장군이 왠지 모르게 불안한 어조로 말했다.

"당신은 요즘 런던에 자주 드나들어서 마을이 어떻게 돌아가는지 모른다 이 말이오."

플로렌스는 잠시 생각에 잠겼다가 가벼운 말투로 조심스

레 물었다.

"그 건물로 이사해서 살면 안 되는 이유라도 있나요?"

"내 말이 우습게 들릴지 모르겠지만, 나한테는 타고난 재능이 있어요. 엄밀히 말하면 본능이랄 수 있죠. 누구에게나 운이 따르는 장소가 있는데, 이를테면 내게는 그걸 알아맞히는 능력이 있답니다. 예를 하나 들어볼까요. 최근에……아닙니다. 부인은 내가 말하려는 집 두 채를 모르는데, 이야기하면 뭐 하겠어요? 이야기해봐야 아무런 소용이 없죠, 뭐."

"어떤 집인지 말하면 내가 그린 부인에게 자세히 설명해주겠소."

가맛 장군이 끼어들었다.

"그럴 필요 없어요. 자, 다시 올드하우스로 화제를 돌릴게요. 이참에 그린 부인에게 딱 맞는 건물을 소개해주고 싶어요. 내게 말씀하시면 심적으로도 만족하고 비용도 절감할 수 있을 거예요. 솔직히 말해 도움이 되고 싶어서 이러는 겁니다. 그러니까 내 말을 나쁘게 받아들이지 말아주셨으면해요."

"저를 도와주신다는데 나쁘게 받아들일 리 없죠."

플로렌스는 일단 그렇게 말했다.

"고마워요. 하드버러에는 서점을 운영하기에 적합한 건물이 많아요. 객관적으로 봐도 올드하우스보다 훨씬 나은 건물들이죠. 혹시 데븐이 곧 문을 닫는다는 거 아시나요?"

데븐의 생선가게가 문을 닫는다는 소식은 플로렌스도 들었다. 하드버러 주민들은 어느 가게가 언제 문을 닫을지, 누가 돈이 궁한지, 9개월 뒤 더 넓은 집이 필요한 사람이 누구인지, 누가 얼마 뒤 운명을 달리하게 될지 훤히 알고 있었다.

"마을 주민들은 올드하우스를 오랫동안 비어 있는 건물로 인식하고 있어요. 앞으로도 당분간은 비어 있어야 할 건물로 알고들 있죠. 그래서 수년 동안 보수도 하지 않고 방치했던 거예요. 지금 주민들 모두 당황한 나머지 어쩔 줄 몰라 하고 있어요. 그린 부인이 느닷없이 올드하우스를 매입했기 때문이죠. 솔직하게 말할게요. 마을 주민들은 올드하우스가 가게로 변하는 사실을 도저히 받아들일 수 없어 곤혹스러워하고 있어요. 주민들이 그 건물을 어떻게 할 계획이었는지 아세요? 하드버러의 발전을 위해 낡은 건물을 리모델링해서 일종의 센터, 구체적으로 말하자면 예술 센터로 삼으려고 했어요."

"바이올렛, 우리 모두 그렇게 되도록 기도해야 할 것 같소."

딱딱하게 굳은 표정으로 묵묵히 듣고 있던 가맛 장군이 근엄하게 말했다.

"여름엔 실내악 콘서트를 열려고 했어요. 음악 공연을 올드버러에서만 하라는 법은 없잖아요. 겨울에는 강연회를 열어……."

"강연회는 이미 열고 있잖아요?"

플로렌스가 가맛 부인의 말을 끊었다.

"목사님이 3년에 한 번 정기적으로 여는 '그림 같은 서픽주'란 이름의 강연회 말이에요."

그것은 아주 재미있는 강연회였다. 금세 깊은 잠에 빠질 듯 꾸벅꾸벅 조는 청중에게 컬러 슬라이드를 차례대로 보여 주는 것뿐이라 열심히 귀 기울일 필요도 없었다. 게다가 슬라이드 순번이 뒤죽박죽이라서 강연 내용과 맞지도 않았다.

"제대로 된 강연회를 열어야 해요. 좀 더 의욕적으로 말이에요. 여름에는 이곳저곳에서 관광객도 많이 찾아오는데 예스러운 분위기를 풍기는 오래된 건물은 거기 말고는 없어요. 다시 생각해줬으면 해요, 그린 부인."

"저는 매입 문제로 반년 넘게 애썼어요. 하드버러 주민 분들이 그 사실을 모르지 않을 거예요. 당연히 알고들 있겠죠."

플로렌스는 가맛 장군에게 동의해달라는 눈빛을 보냈다. 그러자 장군은 텅 빈 샌드위치 접시로 황급히 시선을 돌렸다.

"우리가 이렇게 나오는 데는 커다란 혜택을 누릴 수 있기 때문이에요. 이런 혜택을 그냥 무시해버릴 수는 없어요. 우리는 센터를 이끌어갈 인재를 생각해냈답니다. 그 사람이 센터를 운영하면 주민들에게 책과 그림과 음악을 통해 지식과 교양을 전달하게 될 거예요. 그럼으로써 전체적으로 예술 활동을 촉진하게 되는 거죠. 그뿐인가요? 뭔가 새로운 일을 벌이고, 그 일이 성공할 수 있도록 능력도 키우게 되는 거죠."

가맛 부인은 플로렌스를 향해 의미심장하면서도 눈부실 정도로 화려한 미소를 지어 보였다. 플로렌스는 가맛 부인의 친근한 태도에 당황했다. 가맛 부인은 마지막 말을 하면서 동정 어린 미소와 함께 격려하는 듯 고개를 끄덕여 보이고는 자기를 여왕처럼 떠받드는 손님 무리 속으로 사라졌다.

홀로 남은 플로렌스는 잠시 우두커니 서 있다가 벗어놓은 코트를 찾기 위해 복도 건너편에 있는 작은 방으로 들어갔다. 그녀는 수많은 코트를 한 벌 한 벌 젖혀 자기 코트를 찾으면서 혼잣말로 중얼거렸다.

"내게 센터를 맡길 수도 있다는 이야기인가? 물론 아직 젊으니까 나는 두 가지 일을 할 수 있어. 그걸 맡으려면 미술사나 음악에 대한 강의를 들어야겠는걸. 서점을 봐줄 사람도 고용하고 말이야. 음악은 늘 귀 기울여 들어야 하고, 미술은 역사적인 면도 살펴야겠지. 제대로 공부하려면 케임브리지까지 나가봐야겠는걸."

플로렌스는 스테드 밖으로 나왔다. 맑게 갠 밤하늘과 습지대 너머로 펼쳐진 레이즈강이 한눈에 들어왔다. 간조를 기다리는 어선의 불빛 덕에 강의 위치를 금세 알 수 있었다. 차디찬 바람이 날카로운 가시처럼 볼을 콕콕 찔렀다.

"그런 말을 해준 건 나쁘지 않지만, 어쨌거나 나는 이야기가 전혀 통하지 않는 여자로 찍혔을 거야."

플로렌스는 그렇게 중얼거리고 걸음을 옮겼다.

한편 플로렌스가 떠나자, 여기저기 흩어져 있던 사람들이 한군데로 모였다. 마치 레이븐이 늙은 말을 끌고 갈 때 한쪽에 무리 지어서 모여 있던 소처럼 그들은 같은 종류의 인간으로 같은 방향을 바라보며 같은 음식을 먹었다. 그들 모두 서로에게 고민을 털어놓을 만큼 친밀해 보였다. 하지만 친밀한 정도는 기분에 따라 그리고 그때그때 상황에 따라 달랐다. 손님들이 돌아갈 때가 가까워지자 들뜬 분위기가 한껏 잦아들었다. 가맛 부인은 올드하우스 문제가 자기 의도 대로 풀리지 않을 것 같다고 판단했다. 은근히 부아가 치밀었다. 그녀는 플로렌스가 자기 말을 순순히 따를 줄 알았다. 그런데 전혀 그렇지 않았다. 말씨와 태도만 고분고분할 뿐이었다. 하지만 가맛 부인은 머지않아 플로렌스가 뜻을 굽힐 거라고 생각하고는 마일로가 또 한 차례 권하는 샴페인을 받아 들었다.

샴페인을 마신 가맛 부인은 잠시 생각에 잠겼다가 눈앞에 모여 있는 화려한 상류층 손님들의 의견을 들어보기로 마음먹었다. 그녀는 영국 예술가협회와 끈이 닿아 있는 사촌의 두 번째 남편을 비롯해 곧 도시 계획위원회 우두머리 자리에 앉을 사촌, 웨스트서퍽 롱위시 지역 국회의원이면서 오랜 기간 '일반인의 명승지 출입을 권하는 협회' 회장을 맡으며 널리 이름을 알린 똑똑한 조카, 펜스*의 음침한 성에 틀어박힌 채 좀처럼 움직이지 않다가 구제역이 다시 유행하면 몇 개월이나 장거리 외출을 하지 못한다는 이유를 들어 한달음에 달려온 고스필드 경 등에게 하드버러에 세우려고 구상 중인 예술 센터에 관해 설명했다. 조카와 친척은 물론이

---

* 영국 동부 링컨셔주 워시만 부근의 해안 지대.

고 그 자리에 모인 사람들은 모두 가맛 부인의 구상이 실현되도록 최선의 노력을 다하겠다고 말했다. 하지만 말만 번드르르할 뿐 속마음은 다들 미적지근했다. 고스필드 경도 가맛 부인이 생각대로 일이 진행되지 않으면 주위 사람들에게 심통을 부린다는 사실을 잘 알고 있었다. 고스필드 경은 200킬로미터나 되는 거리를 차를 몰고 달려왔음에도 시종 침묵을 지켰다. 옛친구 브루노를 오랜만에 만났는데도 좀처럼 입을 열지 않았다. 모든 사람이 파티를 주최한 가맛 부인을 살갑게 대했다. 그래야만 앞으로의 삶이 순탄해진다는 듯이 말이다.

헤어질 시간이 되자 참석자들 모두 떠날 채비를 했다. 그들은 자동차 키를 어디에 두었는지 잊은 듯 남편이나 아내 이름을 부르며 분주히 돌아다녔다. 가맛 부인은 현관홀을 왔다 갔다 하면서 가사를 돕는 사람들에게 찬바람이 실내에 들어오지 않도록 하라고 일렀다. 가맛 장군이 키우는 늙은 개는 밖으로 나가게 현관문을 열어달라는 듯 기다란 꼬리로 매끄러운 타일 바닥을 탁탁 쳤다. 자동차 시동 거는 소리가 밖에서 들렸다. 추위 탓인지 시동이 잘 걸리지 않는 자동차가 더러 있는 것 같았다. 가맛 부인은 시동이 걸리지 않는다는 이유로 하룻밤 묵고 가도 되겠느냐고 묻는 사람이 있을까 봐 불안한 눈빛으로 자동차들을 바라보았다. 이윽고 맨 나중에 차에 올라탄 사람이 시동을 걸고 작별 인사와 함께 손을 흔들었다. 그러고는 굉음을 내면서 멀어져갔다. 자동차가 보이지 않을 즈음 스테드 주변에 다시금 정적이 깃들었다. 들리는 것이라고는 습지대를 건너온 바람 소리뿐이었다.

3

이튿날 아침 플로렌스는 홍차를 마시기 위해 전기 포트에 물을 끓이고 오븐에 버터 토스트와 훈제 청어를 구웠다. 이스트서픽에서 청어 조리법은 필수적으로 익혀야 하는 것이었다. 그 조리법을 모르는 사람은 살아갈 수 없다고 해도 과언이 아니었다. 조리 기구는 올드하우스 뒤쪽에 붙어 있는 부엌에 가져다 놓았다. 부엌은 올드하우스에서 가장 마음 편한 공간이었다. 벽은 하얗게 칠해져 있었는데, 바닥을 깊이 파고 둘레에 벽돌을 쌓아 만든 우물에서 이따금 나는 물소리를 빼면 쥐 죽은 듯 조용했다. 예전에 여기서 살았던 사람들은 물을 길으러 바깥에 있는 펌프까지 가지 않아도 되는 것을 행운으로 여기며 감사했으리라. 그리고 사람이 들어가 누울 정도로 깊고 넓은 황갈색 싱크대를 사용할 때마다 즐거워했을 것이다. 놋쇠로 된 수도꼭지를 사용할 때도 기분 좋았을 것 같았다. 손잡이를 돌리자 높은 곳에서 떨어져 내리듯 차가운 물이 콸콸 쏟아졌다.

플로렌스는 8시가 되자 전기 포트의 플러그를 빼고 라디오 플러그를 콘센트에 꽂았다. 라디오에서는 영국 식민지로 조용한 날이 없는 키프로스와 니아살랜드에 대한 뉴스가 흘러나왔다. 그리고 잠시 뒤 아나운서가 목소리를 바꾸더니 금세기 초에는 남성 45.8세, 여성 52.4세였던 평균 수명이 지금은 남성 68.1세, 여성 73.9세로 늘었다는 소식을 전했다. 플로렌스는 아나운서 말에 고무되었다. 그러다 유럽 대륙과 영국 사이에 놓인 북해의 기상 상황을 듣고는 들떠 있는 자신을 부끄럽게 생각했다. 아나운서는 "북서풍이 폭풍으로 바뀌면서 바다가 몹시 거칠어질 전망입니다"라고 말하면서 북해를 지나는 선박들에 주의하라고 당부했다.

플로렌스는 따뜻한 집에서 편안하게 앉아 깊은 바다에서 어부들이 건져 올린 청어를 요리해 먹으며 부끄러움을 느낀다고 해서 그 누구에게 도움이 되는 것은 아니라고 생각했다. 그러다 금세 그런 생각을 하는 자신이 부끄러웠다. 동쪽으로 난 창문을 통해 노란색 바탕에 연둣빛을 띤 하늘을 배경으로 우뚝 선 해안 경비대 건물 옥상에 내걸린 폭풍 경보 깃발이 보였다.

정오가 되자 날씨가 좋아졌다. 맑은 하늘이 지평선까지 펼쳐졌고, 높이 뜬 흰 구름이 수 킬로미터나 이어진 수로에 반사되어 마치 습지대가 구름 사이에 펼쳐진 것처럼 보였다. 오전 일과를 끝낸 플로렌스는 올드하우스를 오가는 지름길이 있는지 알아볼 겸 마을 광장 쪽으로 걸어갔다. 초등학교 앞을 지날 때 쉬는 시간인 듯 교실 밖에 나와 있는 아이들이 보였다.

일레븐플러스*를 준비하느라 바쁜 최고학년 학생들을 제외하고 고만고만한 아이들이 남자와 여자로 나뉘어 놀고 있었다. 그런데 두 무리에서 떨어진 채 울고 있는 어린아이가 플로렌스 눈에 띄었다. 입음새는 깔끔해 보였다. 가슴 언저리에서 묶은 스카프를 안전핀으로 고정한 데다 모직 장갑을 고무줄로 연결하여 코트 깃 아래쪽에 묶고 있었다. 체구가 너무 작아서 남자아이 무리든 여자아이 무리든 섞여들지 못하는 모양이었다. 플로렌스는 아이를 달래고 싶었다.

---

* 과거 영국에서 초등학교 최종 학년인 11~12세 아이들이 치르던 중등학교 진학 시험. 현재는 일부 지역에서만 실시되고 있다.

"유아반이니? 왜 혼자 있는 거야? 혹시 길을 잃었니? 이름이 뭐지?"

"멜로디 기펑이에요."

"아, 그렇구나!"

플로렌스는 깨끗한 손수건을 꺼내 멜로디의 콧물을 닦아주었다. 그때 허름한 옷차림에 머리칼이 바짝 마른 풀처럼 가느다란 소녀가 여자아이 무리에서 빠져나왔다.

"저기요, 제 이름은 크리스틴 기펑인데요, 이 아이 제가 데려갈게요. 집에 가면 티슈가 있어요. 티슈가 더 위생적이에요."

두 아이는 함께 플로렌스 곁을 떠났다. 남자아이들은 손가락을 권총 삼아 서로 죽이는 놀이를 했고, 여자아이들은 커다랗게 원을 그리고 그 안에서 낡은 테니스공을 튕기며 노래를 불렀다.

하나 둘, 펩시콜라

셋 넷, 카사노바

다섯 여섯, 헤어 롤러

일곱 여덟, 그 여자를 굴리고

아홉 열, 처음부터 다시 시작……．

플로렌스는 남쪽 지평선에 거무스름하게 펼쳐진 소나무 숲을 바라보았다. 그 숲은 한때 왜가리의 서식지였는데 1953년 그 일대가 홍수로 잠기면서 왜가리들이 어디론가 떠나버렸다. 그러고는 두 번 다시 돌아오지 않았다.

플로렌스는 광장 밖으로 이어진 좁은 문 근처에서 고개를 돌렸다. 곧 문을 닫는다는 생선가게 주인 데븐이 뒤따라오고 있었다. 한참 전부터 조용히 뒤따라온 것 같았다.

"그린 부인, 가게 건으로 잠시 할 말이 있소. 4월에 우리 건물이 경매에 나갈 예정이오. 어쩌면 그보다 더 빨라질 수도 있고요. 나는 되도록 건물을 경매에 내놓기 전에 처분하고 싶소. 그린 부인이 가게를 차릴 건물에 관심이 있다는 말을 들었는데……."

데븐은 말을 끊었다가 플로렌스가 말하려고 하자 재빨리 이어서 말했다.

"부인이 올드하우스에 머무를 마음도, 이 지역을 떠날 마음도 없다면 말이오. 뭐, 솔직히 나는 너무 바빠서 떠도는 소문이 사실인지 어떤지 확인할 여유도 마음도 없지만……, 그렇다고 한다면 다른 건물을 알아봐야 하지 않나 싶소."

플로렌스는 데븐이 생선가게가 잘 안되어 건물 처분 문제로 골머리를 앓고 있다는 것을 눈치챘다. 생선 장수들이 일할 때 흔히 쓰는 밀짚모자에 낡은 점퍼슈트를 입고 있는 것으로 보아 데븐은 플로렌스를 보자마자 가게에서 뛰쳐나온 게 분명했다. 이야기의 초점을 벗어나 자꾸만 겉도는 데븐의 말을 지루한 표정으로 듣고 있던 플로렌스의 머릿속에 좋은 생각이 떠올랐다. 갑자기 떠오른 생각이지만, 지금의 상황과 너무나 잘 맞는 것 같았다. 플로렌스는 좋은 생각이 떠오르도록 원인 제공을 한 장본인에게 고마운 마음을 전하고 싶었다.

"데븐 씨, 오해를 좀 하시고 있는 것 같네요. 제가 생각할 땐 크게 문제될 게 없는데요. 저도 데븐 씨를 좀 돕고 싶어요. 가맛 부인이 친절하게도 예술 센터에 대한 계획을 제게 말씀해주셨거든요. 예술 센터가 생기면 하드버러의 모든 주민이 커다란 혜택을 누리게 될 거예요. 그래서 가맛 부인은 예술 센터로 쓸 건물을 찾고 계시더라고요. 데븐 씨의 생선 가게야말로 예술 센터가 들어설 건물로 딱 좋지 않나 싶은데요?"

플로렌스는 말을 마치자마자 상대방이 생각할 틈도 주지 않고 재빨리 작별 인사를 했다. 그러고는 이런 출입문은 왜 달아놓아 광장을 드나드는 사람 성가시게 하는지 모르겠다고 생각하며 큰길로 나와서는 각종 씨앗을 파는 '콘&시드

상회' 모퉁이를 오른쪽으로 돈 다음 오른쪽으로 한 번 더 돌아서 마일로 노스가 사는 넬슨 코티지 앞에 멈추어 섰다. 잠시 창문을 기웃거리자 패치워크 천으로 덮은 식탁 앞에 우두커니 앉아 있는 마일로 노스의 모습이 보였다.

"오늘은 런던에 안 가셨어요?"

플로렌스가 유리창을 두드리며 물었다. 마일로가 놀란 표정을 지었다. 플로렌스 또한 예상하지 못한 마일로의 일상적인 모습을 보고 놀랐다.

"아침에 캐티만 출근시켰어요. 자, 안으로 들어오세요."

마일로가 자그마한 현관문을 열었다. 그의 큰 키는 타르를 칠하고 그 위를 검은 페인트로 덧칠한, 어부들의 오두막 같은 집과 전혀 어울리지 않았다.

"네스카페 드릴까요?"

"그 커피 들어만 봤지 마셔본 적은 없어요. 너무 뜨거운 물을 쓰면 안 된다면서요?"

플로렌스는 흔들의자에 앉았다. 나무를 억지로 휘어서 만든 의자라 튼튼해 보이지 않았다.

"여기 있는 물건들, 당신이 쓰기엔 너무 작아 보이는데요."

"네, 저도 그렇게 생각해요. 아무튼 이렇게 찾아와주셔서 기쁩니다. 사실 제게 마음을 터놓고 진실을 말하는 사람은 별로 없거든요."

"그렇다면 더 잘됐네요. 사실 저도 여쭙고 싶은 게 있어서 왔어요. 가맛 부인이 예술 센터를 운영할 적임자를 생각해 놨다더군요. 혹시 그 적임자가 노스 씨 아닌가요?"

"바이올렛 씨가 주최한 파티에서 그렇게 말했나요?"

"가맛 부인은 제가 올드하우스에서 나가기를 바라고 있어요. 저를 다른 곳으로 쫓아버리고 싶은 모양이에요. 올드하우스에 들어설 센터 운영은 노스 씨에게 맡길 생각이고요."

마일로는 촉촉이 젖은 듯한 회색 눈동자를 반짝이며 플로렌스를 가만히 바라보았다.

"바이올렛 씨가 생각한 사람이 저라면 '적임자'라는 단어는 안 썼을 거예요."

*

플로렌스는 허영심에 빠져 멋대로 생각하고 스스로를 기만한 자신이 부끄러웠다. 서점을 열려는 자신에게 어느 누가 예술 관련 일을 기대할까 싶었다. 플로렌스는 며칠 동안 올드하우스에서 나가겠다고 사람들에게 말하고 싶은 충동을 느꼈다. 자신이 올드하우스를 고집하는 이유가 어쩌면 상처 입은 허영심 때문일 수도 있겠다고 생각하자 마음이 뒤숭숭하니 견딜 수 없었다.

'알겠어요, 가맛 부인(플로렌스는 가맛 부인과 실제로 만나 이야기를 나누거나 사람들 앞에서 부인을 일컬을 때도 친근한 어투로 '바이올렛'이라는 이름을 말할 일은 없을 거라고 생각했다)은 마일로 노스 씨를 염두에 두셨군요. 그렇게 하세요. 마일로 씨한테 센터를 맡기시라고요. 저야 어디에서든 서점을 열 수 있어요. 어차피 자그마한 서점인걸요, 뭐.'

플로렌스는 자기가 이렇게 말하면 가맛 부인의 대답은 이럴 거라고 생각했다.

'나는 우리 마을의 전통을 너무 갑작스레 바꾸지 않기를 바랐을 뿐이에요. 이스트서퍽에서 사는 사람들은 급격한 변화에 익숙하지 않거든요.'

가맛 부인이 끝내 생각을 바꾸지 않는다면 마일로는 올드하우스로 거처를 옮길 것이다. 그렇다면 캐티는 어떻게 할까? 아마 처음 몇 년은 굴 창고에서 지낼 수밖에 없을 것이다.

뒤숭숭한 마음이 웬만큼 가라앉자 플로렌스는 이렇게 생

각했다.

'가맛 부인과 부인을 지지하는 사람들이 정부로부터 예술 장려금 같은 걸 받아내 올드하우스 건물의 구매 대금과 이사 비용에 더해 상당한 액수의 위자료를 줄 수도 있지 않을까? 그렇게 하면 나는 새로운 기회를 잡을 수 있어. 이곳 서픽주에서만, 나아가 잉글랜드에서만 서점을 열라는 법은 없잖아? 내 나이대 여자들에게는 쉽지 않겠지만, 새 출발에 대한 부푼 마음으로 얼마든지 다른 지역에 가서 살 수 있는 거야. 가만, 하드버러의 권력자들은 나를 데븐 생선가게로 내쫓으려 하지 않는데 나 혼자 그렇게 생각하고 있는 건 아닐까? 그래, 어쩌면 그럴지도 몰라. 나만의 망상일지도 모른다고.'

플로렌스는 인간 세상은 절멸시키는 자와 절멸당하는 자로 나뉘어 있고, 언제나 절멸시키는 자가 우세하다고 생각하면서도 그 사실을 부인함으로써 자신을 위로하려고 애썼다. 하지만 아무리 의지가 강해도 안 되는 사람은 있기 마련이었다. 플로렌스는 울적한 기분에 빠져들었다. 앞으로 어떻게 살아가야 할지 막막했다.

그러나 플로렌스는 더 이상 무너져내릴 수 없었다. 3월 말 화요일 아침, 그녀는 마침내 바닥에 주저앉은 의지력을 다시금 일으켜 세웠다. 그러기까지 10분도 채 걸리지 않았다. 날씨는 평소와 달랐다. 상공을 나는 왜가리가 힘차게 날갯짓을 하면서 장어를 삼키려 했던 장면이 저절로 떠올라질 정도로 이상한 날씨였다. 빨랫줄에 걸린 빨래는 바닷바람을 맞아 서쪽으로 나풀거렸고, 습지대에 우뚝 선 풍차는 뭍에서 부는 바람을 맞아 동쪽으로 돌았다. 까마귀 떼는 대립하는 기류를 타고 어지럽게 상공을 선회했다. 플로렌스는 해안 경비대 건물 옆에 있는 차고(이 차고는 올드하우스 부근에 차를 댈 만한 장소를 물색하던 중에 발견한 것이었다)에 소형 자동차를 세우고 해안가에서 올드하우스 뒷문으로 이어지는 짧은 오솔길을 걸었다.

비좁은 오솔길 양옆으로 벽돌과 타일로 지은 자그마한 집들이 거센 바람에 쓰러지지 않으려는 듯 다닥다닥 붙어 있었다. 집들은 마치 뱃일을 하러 나서는 아버지에게 들러붙어 위험한 바다에 나가지 말라고 떼쓰는 아이들 같기도 했다. 플로렌스는 올드하우스 뒷문을 열려고 하다 망설였다. 함부로 문을 열면 바람이 불어닥쳐 옛날식 오븐의 불씨를 꺼뜨릴 수 있기 때문이었다. 플로렌스는 열쇠 구멍에 열쇠를 꽂아 넣고 조심스레 손잡이를 돌린 뒤 문을 밀었다. 하지만 문은 꿈쩍도 하지 않았다.

너무 오래되어 경첩에 녹이 슬었거나 나무 문이 휘어진 탓일 거라고 플로렌스는 생각했다. 하지만 그런 생각에서 플로렌스가 머뭇거린 것은 아주 잠깐이었다. 그녀는 다시 문을 열려고 안쪽으로 밀었다. 그런데 무언가 정체를 알 수 없는 힘이 적의를 품고 그녀를 희롱하듯 문을 열지 못하게 방해하고 휙 사라지는 것 같았다. 문은 가늘게 몸을 떨면서 플로렌스가 다시 도전하기를 기다렸다. 어느 순간 집 안에서 무언가를 세게 내리치는 소리가 들렸다. 그것은 물건이 맞부딪히는 소리라기보다 연속적인 폭발음에 가까웠다. 플로렌스는 거친 숨을 몰아쉬며 잠깐 쉬기 위해 문에 몸을 기댔다. 그러자 기다렸다는 듯 문이 갑자기 안쪽으로 확 열렸다. 그 바람에 플로렌스는 앞으로 고꾸라지면서 벽돌 바닥에 무릎을 찧었다.

오솔길 주변 사람들은 올드하우스 부엌으로 고꾸라지는 플로렌스를 보았을 터였다. 플로렌스는 당혹스러움과 공포와 통증보다 분노를 더 크게 느꼈다. 그녀는 욕실과 2층 복도에서 래퍼의 존재를 익숙할 정도로 느꼈지만, 집 뒤에서는 적의를 품은 그 무엇도 보거나 들은 적 없었다. 설령 그것이 초자연적인 존재나 현상이더라도 미리 알리거나 암묵적인 이해를 구할 만한데 그런 과정이 없었다. 플로렌스는 이번에도 강한 의지력을 바탕으로 분노를 가라앉혔다. '보이지 않는 존재'는 마을 사람들 같은 '보이는 존재'만큼이나 쓸데없는 참견을 좋아했고, 플로렌스의 신경을 날카롭게 자극했다. 하지만 플로렌스는 아무리 래퍼나 마을 사람들이 방해 공작을 펴도 반드시 서점을 열겠다고 스스로에게 다짐했다.

플로렌스는 사무 변호사 손턴을 찾아가 하루빨리 매매 계약 절차를 밟으라고 명령하듯 부탁했다. 하지만 그렇게 강한 어조로 말해도 손턴의 업무 처리 속도는 변할 것 같지 않았다. 손턴이 법률 사무소를 차린 지는 몇 년이 흘렀다. 법정과 관련된 일은 드러리 변호사 사무소가 싹쓸이하다시피 하고 있었지만 손턴의 실력도 만만찮았다. 손턴은 이번에 자기에게 의뢰한 그린 부인(손턴은 플로렌스를 꼬박꼬박 '그린 부인'이라고 불렀다)이 여기저기 어슬렁거리며 돌아다니고, 나이만 먹었을 뿐 건달이나 다름없는 레이븐의 부탁으로 말의 혓바닥을 잡아주고, 손턴이 영 마음에 들어 하지 않는 마일로 노스의 집을 방문한 모습을 마을 사람들이 목격한 사실을 잘 알고 있었다. 그래도 그린 부인은 손턴 자신이 이제껏 단 한 번도 초대받지 못한 스테드에서 개최된 파티에 참석했다. 손턴은 언젠가 가맛 부인이 분별력을 되찾아 명문가의 법률 업무를 도맡을 자격 같은 것은 눈을 씻고 보아도 없는 드러리를 파면하고 자신을 고문 변호사로 고용할 날이 오리라고 기대했다. 그런데 손턴으로서는 그런 부인이 가맛 부인과 안면을 텄다는 이유 하나만으로 무작정하고 신뢰할 수 없었다.

손턴은 올드하우스와 관련된 업무 파일을 플로렌스에게 보이며 굴 창고에 약간의 문제가 있다고 말했다. 어부들이 바다로 나갈 때 굴 창고에 잠시 들러 잡담을 나누거나 다락 에다 각종 어구는 물론이고 돛까지 말리는 일을 당연한 권 리로 인식하고 있는데, 이는 옛날부터 행해져 온 관행 같은 거라고 했다.

"약간의 문제가 아니에요. 창고와 바다는 바로 연결되어 있지 않아요. 창고를 나오면 가스 관리사무소 앞이죠. 그런 데다 지금도 굴 창고를 어구 말리는 곳으로 쓰고 있는데, 이 건 말도 안 되는 일이에요. 안 그래도 습기가 많아 벽에 물방 울이 맺힌다고요. 창고 다락은 무너져내리기 일보 직전인데 도 무거운 돛을 펼쳐 놓았어요. 요즘엔 돛을 달고 다니는 배 를 구경할 수 없는데도요. 창고는 그야말로 문제 덩어리예 요. 그것도 금방 해결할 수 없는 문제 덩어리죠."

플로렌스가 지적하자 손턴은 권리라는 것은 현실과 상관

없어도 쉽게 포기되는 게 아니라고 말했다.

"솔직히 말씀드려 그린 부인이 이렇게 찾아오신 걸 저로서는 다행이라 생각합니다. 떠도는 소문을 얼핏 듣고는 그린 부인께서 이번 계약을 재고하시지 않을까 예상했거든요."

손턴은 플로렌스가 좀 더 확고한 태도를 보이기를 기대하는 표정을 짓고 있었다.

"재고라면 좋은 쪽으로 생각을 바꿀 거라 예상하셨단 말씀인가요?"

"말 그대로 생각을 다시 한다는 의미입니다. 하드버러처럼 자그마한 마을에서는 한 명이라도 떠나면 남은 주민들은 기분이 썰렁해집니다. 뭐, 더 좋은 기회를 찾아 다른 곳으로 떠난다면 손을 흔들며 배웅해줘야 마땅하겠지만요."

"한마디로 말하자면 제가 생각을 다시 해서 다른 지역으로 떠날지도 모른다고 예상하셨단 이야기네요."

플로렌스는 30분만이라도 키가 훌쩍 크기를 바랐다. 키가 크면 고개 아프게 상대를 올려다보지 않고도 대화를 나눌 수 있기 때문이었다.

"다들 제가 올드하우스를 나갈 거라고 생각하나 보네요. 확실히 말할게요. 제집은 올드하우스뿐이에요. 낡은 건물이지만 제게는 하나밖에 없는 집이라고요. 그런데 이 상황에서 어부들의 권리가 어떠니, 다른 곳으로 떠난다는 등의 말씀을 하시는 의도는 뭐죠?"

"하드버러 주위에는 빈 건물이 많아요. 여기에서 좀 멀긴 하지만 플린트마켓이나 입스위치에 있는 매매 물건 목록을 준비해 왔습니다. 이런 지역도 생각해보신 적이 있는지 어떤지 모르겠지만요."

*

5월이 되자 상공을 우아하게 오르내리며 해안가를 찾아온 수백 마리의 제비갈매기들이 드넓게 펼쳐진 모래사장에 둥지를 틀었다. 뮐러 서점에서 보낸 재고 도서는 캐터 패터슨 택배 트럭 두 대 분량이었다. 일주일 뒤에는 도매상에 주문한 책이 도착했다. 그 밖의 책과 신간은 출판사 영업 직원이 찾아오기를 기다리는 수밖에 없었다. 플로렌스는 성사될지도 모를 영업을 하기 위해 습지대 너머 구석진 마을에 찾아오는 직원이 있으리라고는 기대하지 않았다. 그녀는 굴 창고를 쓰지 못한다는 사실을 알고 책을 어디에 보관해야 할지 몰라 궁리에 궁리를 거듭한 끝에 일단 모든 책을 계단 밑에 있는 커다란 붙박이장에 넣어두기로 했다.

어느 날 오전이었다. 플린트마켓에서 차를 몰고 돌아온 플로렌스는 열두엇 살로 보이는 푸른 스웨터 차림의 해양소년단 아이들이 올드하우스에 꽉 들어차 있는 모습을 보고 깜짝 놀랐다.

"너희들, 여긴 어떻게 들어왔어?"

"레이븐 아저씨가 배관공 아저씨한테 열쇠를 빌려서 저희에게 줬어요."

사각형의 밀짚 더미처럼 체구가 건장한 소년이 말했다.

"레이븐 씨가 너희 해양소년단 지도자야? 그렇지 않잖아?"

"물론 아니죠. 하지만 올드하우스에 가 있으라고 했어요. 저희가 뭘 도와드리면 될까요?"

"글쎄, 선반을 달고 싶은데 할 수 있겠니?"

플로렌스는 아이들처럼 솔직하기로 마음먹었다.

"드릴은 몇 개 있죠?"

플로렌스는 일찌감치 드릴과 함께 나사를 사 두었다. 해양소년단 아이들은 두 시간 내내 쉬지 않고 일했다. 그런 데다 저녁을 먹고 오겠다며 나가더니 다시 돌아와서 드릴과 나사를 잡았다. 선반을 모두 달았을 때 플로렌스는 주위를 둘러보다 바닥이며 책에 1센티미터쯤 나무 부스러기와 먼지가 쌓여 있는 걸 발견했다.

"나중에 저희가 청소할게요."

플로렌스가 빗자루를 들자 월리라는 남자아이가 말했다.

"괜찮아. 청소는 내가 할게. 감사의 표시로 해양소년단 본부에 뭐라도 기증하고 싶구나."

생각할수록 아이들이 기특했다. 그런데 해양소년단 본부라는 것은 돛 세 개를 단 채 강어귀에 서 있는 범선 모양의 폐선이었다.

"모스 부호에 관한 책이나 의학 사전 같은 것도 있나요?"

월리가 물었다.

"미안한데, 그런 책은 아직 없어."

플로렌스와 월리 둘 다 난처한 표정을 지었다.

"월리, 이렇게 하는 게 어떠니?"

플로렌스는 재빨리 화제를 바꾸었다.

"이따 이 드릴을 집에 가져가. 내가 드릴을 가지고 있어도 소용없으니까. 사용법도 잘 모르는데, 뭐. 드릴이 필요하면 너를 부를게."

"감사합니다. 이런 드릴은 집에서 쓸 데가 많아요. 그런데 저희가 일하면 그때마다 벽돌 열두 장쯤 구입할 수 있는 돈을 받아요. 보이스카우트 연맹이 사우스켄싱턴에 새로 짓는 베이든포엘* 하우스에 기부할 돈이죠."

플로렌스가 5파운트를 건네자 윌리가 거수경례를 했다.

"사우스켄싱턴은 런던에 있습니다."

윌리는 그렇게 말하고 다시 일하기 시작했다.

작업에 복귀한 해양소년단 아이들은 선반을 흰색 페인트로 칠했다. 레이븐이 그렇게 하라고 시켰을 듯한데 왜 하필 흰색인지 알 수 없었다. 이윽고 더는 시킬 일이 없다고 판단한 플로렌스는 아이들을 보내고 택배로 받은 책을 나름의 취향대로 진열했다.

신간은 열여덟 권씩 갈색의 얇은 종이에 포장되어 있었다. 정리하는 과정에서 책의 사회적 서열이 자연스레 정해졌다. 저택 서재에 꽂혀 있을 법한 화려한 무늬의 묵직한 양장본과 서퍽 교회 관련 책과 정치가의 회고록 등은 그러는 게 당연한 권리인 듯 맨 앞 쇼윈도에 진열되었다. 그다지 귀족적이지 않아 웬만한 서점에서도 볼 수 있는 책들은 선반 중간쯤에 놓였다. 예를 들자면 1900년대 초 영국에서 만든 오스틴이나 울슬리 같은 자동차 관련 책을 비롯해 조약돌

---

* 1857~1941. 보이스카우트와 걸스카우트를 창설한 영국의 군인.

공예, 항해, 조랑말, 야생화, 조류 관련 책과 지방 지도와 관광 안내책 등이었다. 이 가운데에는 표지가 카키색에 피처럼 검붉은색을 섞은 것처럼 보이는 전쟁 관련 책도 있었는데, 마치 아군과 적군이 적개심으로 무장하고 대치하듯 서로 마주 보게 배치했다.

눈에 잘 띄지 않는 구석진 선반에는 쉽게 팔리지 않을 법한 책들을 나란히 꽂아 놓았다. 대부분 철학서나 시집으로 일 년이 지나도 그 자리를 지킬 게 뻔한 책들이었다. 사전이나 참고서처럼 어느 서점에나 흔히 있는 책들은 성경책이나 시상식용 책들과 함께 안쪽 선반에 진열했다. 시상식용 책은 초등학교 교장인 트레일 부인이 성적도 좋고 품행도 바른 아이에게 상으로 주려고 구입하겠거니 기대하고 들여놓았다.

마지막으로 개봉한 것은 뮐러 서점에서 보낸 나무 상자였다. 상자에는 팔다 남은 가엾은 책이 가득 담겨 있었는데, 사람 손을 탄 책도 몇 권 눈에 띄었다. 뮐러 서점에서 근무하던 시절, 플로렌스는 작업 중에 책을 펼치지 말라는 교육을 받았다. 그럼에도 그녀는 무심코 한두 권의 책장을 들추어보았다. 하나는 에브리맨즈 라이브러리 출판사에서 간행한 중고 책으로, 색이 바랜 올리브색 표지에는 황금빛 밀랍 인장이 찍혀 있었다. 플로렌스는 어린 시절 어떤 책 속표지에 적힌 '좋은 책은 위대한 영혼에 흐르는 고귀한 혈액인 만큼 세대를 뛰어넘어 길이길이 전해지도록 방부 처리하여 소중히 보관해야 한다'라는 글을 보고 무슨 뜻인지 몰라 고개를 갸우뚱거린 적이 있었다. 그녀는 한참 동안 망설이다가 그 중고 책을 종교와 가정의학 책 사이에 꽂았다.

오른쪽 벽에는 페이퍼백을 진열했다. 한 권에 1실링 6펜스로, 화려한 표지에 밝고 가벼운 내용이 대부분인 페이퍼백은 법으로 정해진 등급에 따라 진열해야 하는데, 대중성이 강한 책인 만큼 다른 책보다 많이 팔릴 터였다. 양장본에 비해 표지도 얇고 값도 싼 페이퍼백을 구입해서 읽는 사람은 가난한 외국인뿐이라는 인식이 한때 널리 퍼졌다. 플로렌스가 보기에 페이퍼백도 나름대로 가치 있는 책이었다. 그렇기 때문에 다른 책 못지않게 인정을 받아야 한다는 것이 그녀의 생각이었다. 페이퍼백을 진열하고 나자 맞은편에 진열된 에브리맨즈 라이브러리 책들이 한껏 위엄을 부리며 무시하는 눈초리로 페이퍼백을 째려보는 것 같았다.

서점 안에는 회계 일을 볼 공간은커녕 관련 서류를 놓을 자리도 없었다. 플로렌스는 우선 건물 뒤편의 부엌에 서류 보관용 서랍을 두 개 만들었다. 그러고는 회계 장부를 비롯해 재주문 목록, 구매 목록, 반품 목록, 소액 현금 등을 넣어 두었다. 아직 백지 상태라 누군가의 사랑은커녕 시선조차 받지 못하는 서류들은 건너편 선반에 진열된 채 침묵을 지키는 책들을 시기하며 협박할 수도 있었다.

회계 일에 익숙하지 않은 플로렌스는 어떤 서류든 다른 사람 눈에 띄지 않기를 바랐다. 하지만 회계 일을 대충 처리하면서는 아무래도 가게를 제대로 운영해 나갈 수 없을 것 같았다. 플로렌스는 로다 양장점 주인 제시 웰포드의 똑똑한 조카딸이 로스토프트에 있는 회계 사무소에서 근무한다는 말을 듣고, 그녀에게 한 달에 한 번 회계 일을 도와달라고 부탁했다.

"정기적으로 시산표를 작성해야겠네요."

아이비 웰포드는 잘난 척 거드름을 피웠다. 마치 시산표라는 것이 허약한 사람이 먹어야 할 영양제라도 되는 듯 말했다. 플로렌스는 스물한 살의 젊다 못해 어린 여자애가 자기보다 세상일에 훨씬 밝은 것 같아 아이비에게 경계심을 품었다. 당연히 일에 대한 적정한 대가를 지불하기로 했다. 그런데 사무 변호사 손턴과 은행 지점장 키블에게 아이비한테 회계 업무를 도와달라 부탁했다고 말하자, 두 사람은 안도하며 아이비는 머리가 비상한 아이라고 칭찬했다.

4

'올드하우스 서점' 개점을 하루 앞두고 있었지만, 플로렌스는 별다른 준비를 하지 않았다. 개점 축하 파티 같은 것도 염두에 두지 않았다. 누구를 초대해야 하는지 감조차 잡히지 않아서였다. 플로렌스는 마음가짐이 중요하다고 생각했다. 마음만 단단히 먹으면 혼자서도 얼마든지 파티를 즐길 수 있다고 보았다. 플로렌스가 그런 생각에 잠겨 있을 때 큰길로 통하는 문이 벌컥 열리면서 레이븐이 들어왔다.

"혼자 있는 때가 많네요."

레이븐은 그렇게 말하고 낚시용 고무장화를 신고 들어온 데 대해 사과했다. 그러고 나서 해양소년단 아이들이 선반을 제대로 달았는지 확인하려는 듯 서점 안을 쓱 훑어보았다.

"저기, 벽 쪽 선반 말입니다. 3밀리미터쯤 안쪽으로 틈이 벌어져 있군요."

플로렌스는 레이븐이 가리킨 선반 쪽을 바라보았다. 별문제 없어 보였다. 플로렌스는 책을 선반 안쪽 끄트머리까지 밀어 넣고 싶지 않았다. 그렇게 해 놓으면 책이 마치 패잔병처럼 보이기 때문이었다. 레이븐이 지적한 틈은 자세히 들여다보지 않는 한 쉽게 알아볼 수 없었다. 눈에 띄어도 빨간색 계통의 드레스처럼 곧 익숙해질 터였다.

"저기는 회반죽 벽이 훤히 드러나게 칠해 놨군요. 저렇게 칠하면 안 되는데……. 다음에 아이들 만나면 다시 칠하라고 하세요."

레이븐이 말했다.

유니폼을 입고 있지 않으면 해양소년단 아이들인지 아닌지 플로렌스로서는 도저히 구분할 수 없었다. 하지만 학교 마크가 붙은 블레이저에 활동하기 편한 바지 차림으로 나타난 월리는 한눈에 알아볼 수 있었다.

"그린 부인께 이걸 전해드리라고 해서 왔어요."

"누가 전해주라고 했지?"

레이븐이 월리에게 물었다.

"브런디시 씨요."

"뭐라고? 그분이 홀트하우스에서 걸어나와 너한테 말을 걸었냐?"

"아뇨. 창문으로 몸을 내밀고 저를 불렀어요."

"큰 소리로 불렀어?"

"아뇨. 손가락을 튕겨서요."

"손가락을 튕겨서? 그 소리가 들렸어?"

"아뇨. 그냥 저를 부르는 느낌이 들어서 돌아봤어요."

"어때 보였냐? 얼굴이 창백해 보였어?"

윌리는 잘 모르겠다는 표정을 지었다.

"글쎄요, 창백해 보이기도 하고 거무죽죽해 보이기도 ……. 정확하게 보지 못한 것 같아요. 머리를 어깨 사이에 푹 파묻고 있었거든요."

"무서웠냐?"

"그보다는 무슨 일로 저를 불렀는지 빨리 알고 싶었어요."

"그래, 해양소년단은 뭐든 빨리빨리 해야 하는 거야."

레이븐이 반사적으로 말했다.

"최근 들어 화창한 날씨가 죽 이어졌는데, 한 달 넘게 브런디시 씨 얼굴을 보지 못했어. 목소리는 더 오랫동안 못 들었고 말이야. 그건 그렇고, 대체 너한테 뭐라고 말했지? 말을 하기는 했냐?"

"했어요. 두어 번 헛기침하더니 이걸 그린 부인께 전해달라고 했죠."

윌리는 그제야 검은색 밀랍 인장이 찍힌 하얀 봉투를 플로렌스에게 내밀었다. 플로렌스는 어리둥절한 표정으로 서 있다가 마지못한 듯 손을 뻗어 봉투를 받았다. 그녀는 브런디시 씨와 한 번도 이야기를 나눈 적이 없었다. 스테드에서 열린 파티에 갔을 때도 그를 만나리라고 기대하지 않았다. 하드버러의 내로라하는 것은 전부 자신이 후원한다고 자부하는 가맛 부인이 브런디시 씨와 가깝게 지내고 싶어 한다는 사실은 마을 주민들 모두 잘 알고 있었다. 그런데 스테드에서 거주한 지 15년밖에 안 된 데다 서퍽주 출신이 아니라서인지 가맛 부인의 소원은 지금껏 이루어지지 않았다. 게다가 브런디시 씨는 최근 몇 년 동안 저택에서 은둔한 채 좀처럼 밖에 나오지 않고 있었다. 그런 사람이 플로렌스의 이름을 아는 것만으로도 놀라운 일이었다.

"왜 이걸 보냈는지 도무지 모르겠네요."

레이븐과 윌리는 좀처럼 돌아갈 기미를 보이지 않았다. 오히려 어서 빨리 열라고 재촉하는 눈초리로 플로렌스와 봉투를 번갈아 바라보았다.

"밀랍 인장은 신경 쓰지 마세요."

레이븐이 말했다.

"그분이 봉투를 특별 주문한 때는 1919년이었을 겁니다. 제1차 세계대전이 끝나고 많은 사람이 이곳으로 돌아온 때였지요. 당시 나는 어렸는데, 그해 브런디시 씨는 부인을 잃었어요."

"부인께서 왜 돌아가셨죠?"

"참 희한한 일입니다. 습지대를 건너다 익사하셨다고 하더군요."

봉투 안에는 검은색 인장이 찍힌 종이가 한 장 들어 있었다.

친애하는 그린 부인께

안녕하셨는지요. 저의 증조부 시대만 해도 마을의 큰 길가에 서점 한 곳이 있었습니다. 그런데 주인 되는 남자는 싸움꾼으로 한번은 손님을 커다란 책으로 내리쳐서 쓰러뜨렸답니다. 그 손님이 신간 도서 – 제 기억으로는 찰스 디킨스의 『돔비와 아들』이었던 것 같습니다만 – 를 할부로 구입했는데 돈을 조금 늦게 지불했다는 이유에서였지요. 그 사건 이후 지금까지 하드버러에서 용기 있게 서점을 내겠다는 사람은 나타나지 않았습니다. 그런 의미에서 부인께 감사드립니다. 외출하면 부인의 서점에 들르고 싶습니다만, 요즘은 밖으로 나갈 기회가 좀처럼 생기지 않습니다. 혹시 도서 대여도 병행할 계획이 있다면 저도 기꺼이 회원이 되겠습니다.

에드먼드 브런디시 배상

'도서 대여라니? 나더러 마을문고 같은 걸 운영하라는 이야기인가?'

플로렌스는 도서 대여에 대해서는 생각한 적도 없거니와 가게 안에 그런 일을 벌일 여분의 공간도 없었다.

"아무래도 그분은 이동도서관 같은 것이 못마땅한 모양입니다."

레이븐이 말했다.

한 달에 한 번 플린트마켓에서 이동도서관 밴이 마을에 찾아왔다. 수많은 사람의 손을 거친 책에서는 독특한 냄새가 풍겼다. 하드버러 주민들 가운데 책 읽기를 좋아하는 사람은 똑같은 책을 여러 번 반복해서 읽곤 했다.

플로렌스는 월리를 문밖까지 배웅하고는 봉투를 전해주어서 고맙다고 말했다. 월리는 고개를 끄덕이고 자전거 쪽으로 다가갔다. 아이는 마을에서 이런저런 심부름을 하는 모양이었다. 자전거 앞쪽에 달린 바구니에는 물건이 담긴 봉지가 실려 있었고, 경기용 자전거처럼 보이기 위해 거꾸로 설치한 핸들에는 암탉이 대롱대롱 매달려 있었다.

"이 닭은 알을 아주 많이 낳아요. 우리 집에서 키웠는데, 사촌의 이복동생 집에 가져다주려고요. 이 암탉이 낳은 알을 부화시켜 병아리를 키우고 싶다고 했거든요."

플로렌스는 잠을 자는 듯 눈을 감고 있는 황갈색의 부숭부숭한 털 뭉치를 살짝 건드려 보았다. 그러자 늙은 암탉은 흠칫 놀라서 눈을 번쩍 떴다가 다시금 스르르 감았다.

"월리, 이건 벽돌값이야. 이것 받고 조심해서 가."

플로렌스는 핸드백에서 돈을 꺼내 월리에게 건넸다. 벌써 보이스카우트 연맹에 두 번째 기부하는 셈이었다.

레이븐은 좀 더 머물다 가려는 모양이었다. 그가 아침 일찍 찾아온 것은 학교 수업이 끝난 뒤 서점 일을 도울 영리한 아이를 플로렌스가 고용하도록 제안하기 위해서라고 했다.

"월리를 추천하실 생각인가요?"

"윌리는 아닙니다. 책에 둘러싸여 있으면 좀이 쑤셔서 견디지 못할 아이거든요. 윌리는 수학을 좋아하는 아이입니다. 책 읽기를 좋아하는 아이라면 여기 오는 도중에 봉투를 열어 편지를 읽었겠지요. 봉투 상태로 보아 읽지 않은 게 분명해요."

레이븐은 기핑 부부의 딸을 추천하고 싶어 했다. 그런데 그는 그 집에 딸이 몇이나 있으며, 몇 번째 딸을 추천한다는 말은 하지 않았다. 그런 것이 무슨 상관이냐는 표정이었다. 플로렌스는 기핑 부인이 부지런히 일하기 때문에 딸들도 일을 잘한다는 말을 들은 적 있었다. 기핑의 집은 역으로 쓰던 건물과 교회 중간쯤에 있었는데, 꽤 넓은 땅을 차지하고 있었다. 기핑의 직업은 미장이였다. 하지만 그는 완두콩이 줄기를 위로 뻗도록 기둥을 세우거나 감자를 캐는 등 농사일 하는 시간이 많았다. 기핑 부인은 가사 외에 남의 집에 가서 짧은 시간 일했다. 캐티가 런던에 가거나 하여 마일로 혼자 있으면 그 집에 가서 이것저것 허드렛일을 했고, 브런디시 씨의 저택에도 일하러 정기적으로 방문했다.

"기핑 부인에게 말해놓을게요. 학교에서 돌아오면 딸 하나를 이곳에 보내라고 말이오. 학교는 오후 3시 25분에 끝날 거요."

레이븐은 그렇게 말하고 서점을 나갔다. 고무장화 발자국이 이튿날 개점을 앞두고 몇 번이나 왁스 칠한 바닥에 선명하게 나 있었다. 발자국마다 물기까지 묻어 있어 마치 집에서 애완용으로 키우는 양서류가 지나간 흔적 같기도 했다. 그래도 플로렌스로서는 외톨이인 자기를 응원하고 도우려는 사람이 있다고 생각하니 마음이 편했다. 아마 플로렌스 혼자서는 대가족이 사는 기핑의 집을 찾아갈 생각을 해내지 못했을 것이다.

플로렌스의 생각은 영 내키지 않는 도서 대여 건으로 돌아갔다. 도서 대여업은 아주 성가신 일인 데다 실패할 확률도 높았다. 도서 대여를 하게 되면 가맛 부인이 회원으로 가입해줄까? 플로렌스는 갑자기 궁금했다. 파티 이후 가맛 부인이 사는 스테드에서는 아무런 연락이 없었다. 플로렌스는 대리석에 놓인 널빤지에 작은 생선을 죽 늘어놓던 데븐이 모든 것을 훤히 안다는 표정에 비난 섞인 눈초리로 자신을 바라본 순간, 서점을 둘러싸고 여전히 말이 많다는 걸 눈치챘다. 서점을 열고 적어도 일 년 동안은 조용히 운영해 나가야 할 것 같았다. 하지만 플로렌스는 브런디시 씨의 편지를 다시 읽고 나서 결의에 찬 표정으로 이렇게 중얼거렸다.

"좋아, 도서 대여도 긍정적으로 생각해보겠어."

*

　플로렌스는 올드하우스에 서점을 차리면 폴터가이스트의 난동질이 줄어들 거라고 예상했다. 하지만 그런 예상은 여지없이 빗나갔다. 한밤중이 되자 해양소년단 아이들이 박아놓은 못이며 나사들이 시끄럽게 떠들었다. 마치 못이 몇 개니 나사가 몇 개니 하고 자기들끼리 숫자 싸움을 하는 것 같았다. 낮에 찾아온 손님은 자기 집 옆에 붙어 있는 로다 양장점의 재봉틀 돌아가는 소리가 얼마나 큰지 시끄러워서 못 견디겠다고 불평했다. 플로렌스는 일찌감치 경고해두는 편이 좋을 것 같아 올드하우스는 낡을 대로 낡은 건물인 만큼 무슨 소란이 벌어질지 모른다고 말했다. 그러고는 소란이 일 때마다 손님들의 주의를 분산하기 위해 버튼을 누르면 비상벨이 울리는 금전등록기를 들여놓았다.

　개점하는 날에는 하드버러 주민 몇몇만 관심을 기울였다. 마을 사람들 대부분은 올드하우스 자체에도 관심이 없었다. 군데군데 창문이 깨진 데다 문이 제대로 닫히지 않은 상태로 오랜 기간 방치되었기 때문에 아이들의 놀이 공간으로 여겨졌다. 첫째 주 수입은 70파운드에서 80파운드 사이였다. 트레일 교장은 시리즈로 나온 『고대 영국인들의 일상』 전권을, 손턴 변호사는 조류 관찰 서적을, 키블 지점장은 예상외로 건강 관련 서적을 구입했다. 드러리 변호사와 외과 의사는 전 SAS 대원이 쓴 책을 사 갔다. 그것은 낙하산을 타고 적지 한복판에 내려서 전쟁 상황을 크게 바꾼 SAS, 즉 영국 공수특전단의 이야기였다. 두 사람은 SAS를 노골적으로 얕보며 그 능력에 의문을 품은 연합국 사령관이 쓴 책도 구입했다. 이는 모두 화요일에 일어난 일이었다.

수요일에는 갑작스럽게 비가 내려서 산책에 나선 기숙학교 여학생들이 비를 피해 서점 안으로 들이닥쳤다. 젖은 몸으로 삼삼오오 모여 한꺼번에 습기를 내뿜는 학생들로 인해 비좁은 서점 안은 양의 우리처럼 혼잡했다. 학생들은 플로렌스가 페이퍼백 선반 옆의 좁은 공간에 세워둔 그림엽서 진열대를 위아래로 훑어보더니 석 장을 구입했다. 플로렌스는 엽서를 넣을 비닐봉지를 한참 동안 찾았다. 그런 터에 합계를 내려고 9실링 5펜스, 6실링 5펜스, 3실링 5펜스를 입력했는데 금전등록기가 말을 듣지 않았다.

목요일은 다른 요일보다 빨리 문을 닫기로 정했지만, 첫 주라서 평소처럼 열기로 했다. 데븐은 플로렌스에게 응어리진 감정 따위 없다는 걸 보여주려는 듯 서점에 들러 깨끗이 씻은 손으로 책을 만지거나 여기저기 두리번거렸다. 그러다 뜬금없이 '메시아'에서 노래가 나오는 악보도 있느냐고 물었다.

"주문을 넣을까요?"

플로렌스는 한껏 상냥한 목소리로 물었다.

"얼마나 걸리죠?"

"글쎄요, 확답은 못 드리겠네요. 출판사가 달랑 책 한 권만 보내는 건 꺼려하거든요. 출판사 한 곳에 단행본을 주문하려면 적어도 열두 권 정도는 돼야 해요."

"이미 가져다 놓은 줄 알았습니다. 헨델의 '메시아'는 매년 크리스마스 시즌에 부르니까요. 노픽주의 노리치나 런던에 있는 앨버트홀 같은 데서요."

"공간이 충분하지 않아 책을 조금밖에 두지 못하고 있어요. 모든 손님의 입맛에 맞는 책을 두기도 어렵죠."

"그래도 그날 잡은 물고기를 그날 팔아야 하는 생선 장사와는 질이 다르지 않습니까? 썩는 것도 아니고 말이오."

데븐의 생선가게를 매입하겠다는 사람은 아직 나타나지 않은 모양이었다.

밤이 되자 플로렌스는 가게 문을 닫고 손님이 부탁한 책 주문 목록을 정리하고 오래된 타자기 앞에 앉아 이런저런 서류를 작성했다. 그러고는 「서적 판매상」과 「스미스의 출판업계 뉴스」 같은 잡지를 읽었다. 그녀는 지칠 대로 지친 나머지 침대에 눕자마자 곯아떨어졌다. 왜가리와 장어는 물론, 어떤 꿈도 꾸지 않았다.

플로렌스는 올드하우스에 안착하기 위한 싸움이 이제 끝났을지도 모른다고 생각했다. 아니, 애초에 마을 사람들과 대립했거나 다시금 대립할 수 있다고 생각한 게 착각일 수도 있겠다 싶었다. 싸움이 끝났는지 착각이었는지 플로렌스 스스로 판단할 수 없다면 애당초 그렇게 큰 싸움이 아니었을지도 모른다는 생각도 들었다.

문을 열고 3주가 지났을 무렵 가맷 장군이 슬그머니 서점을 찾아왔다. 플로렌스는 그를 본 순간 흠칫 놀랐다. 찰스 해밀턴 솔리 시집을 찾을 텐데 하는 생각도 퍼뜩 들었다. 그런데 장군이 찾는 책은 전 SAS 대원의 회고록이었다.

"나도 이제는 시간 여유가 있으니까 뭘 좀 써야 하지 않을까 싶소. 보병 관점에서 말이오. 보병은 두 발로 진군하다가 총격을 받곤 하지요."

플로렌스는 가맷 장군이 고른 책을 정성스레 포장했다. 그녀는 가능하다면 장군이 두 번 다시 불행해지지 않도록 보장하는 법률을 자기 손으로 제정해주고 싶었다. 장군은 애당초 서점에 찾아오지 말았어야 했는지 모른다. 그는 위험을 감수하고 온 사람 또는 가석방된 죄수처럼 주위를 둘러보더니 책을 들고 서둘러 서점을 나갔다.

제시 웰포드의 똑똑한 조카딸 아이비는 회계 일을 돕기 위해 직접 차를 몰고 왔는데, 장부를 보자마자 깜짝 놀란 표정을 지었다. 매출이 그녀의 예상보다 훨씬 높았기 때문이다. 아이비는 서점이 이렇게 높은 수익을 올릴 줄 몰랐다. 그녀 생각에 앞으로 죽 잘될 것 같았다.

"거래 명세서 좀 볼까요?"

아이비는 은색 샤프펜슬을 딸깍거리면서 자기보다 나이 많은 하녀를 부리는 듯한 어조로 말했다.

"신규 계좌는 셋이네요. 초등학교 선생님과 의사 둘이라 ……. 대손충당금은 어디 있죠?"

"아직 그것까지는 생각하지 않았어요."

플로렌스는 자신 없는 어조로 대답했다.

"원장에서 5퍼센트는 대손충당금으로 생각해놓으셔야 해요. 감가상각비는 차변에 적어야 하고요. 그리고 차변에 적은 감가상각비만큼 고정자산 계정에서는 대변으로 적고요. 차변과 대변은 반드시 똑같아야 하거든요. 지불해야 하는 액수와 청구해야 하는 액수를 아무 때든 한눈에 알아볼 수 있도록 정리해두는 게 꼭 필요해요. 꾸준하게 장부를 적는 목적도 여기에 있어요. 제 말을 듣고 보니 회계를 빨리 익히고 싶죠? 안 그런가요?"

플로렌스는 부끄러웠다. 당연히 그러고 싶었다. 하지만 그녀로서는 아이비 웰포드의 말대로 자금 흐름을 3파딩*까지 정확하고 세밀하게 파악해야 한다면, 단 하루도 서점을 운영할 수 없을 것 같았다. 도서 대여도 해보려 한다는 말은 차마 꺼낼 수가 없었다.

눈 깜짝할 사이에 계절이 바뀌어 초여름이 되었다.

"밴이 도착했어요!"

윌리가 자전거를 세우고 한쪽 발로 땅을 딛은 채 노래하듯 말했다.

"운전하는 사람이 두 번이나 제게 길을 물었어요. 가스 관리사무소 옆에서 한 번, 목사관 옆에서 한 번요. 지금은 차를 돌리지 못해 고생하고 있어요. 휙 유턴하면 좋겠지만, 그랬다가는 이곳 부엌에 처박힐걸요."

붉은색과 크림색이 섞인 우아한 밴은 앞으로 하드버러에서 자주 보게 될 터였다. 그것은 외따로 뚝 떨어진 궁벽한 시골에 있는 서점도 마다하지 않고 찾아가서 대여용 책을 납

---

* 1페니의 1/4에 해당하던 영국의 옛 화폐.

품하는 런던의 '브롬프턴'이라는 회사의 밴이었다. 밴에는 플로렌스가 첫 번째 의뢰한 책이 실려 있었다. 밴을 몰고 온 직원은 계약서에 서명한 플로렌스에게 브롬프턴이 제시한 조항을 꼼꼼히 살펴보라고 말했다.

조항의 내용은 상업적인 거래라기보다 논리학이나 이상적인 법률에 가까운 것처럼 보였다. 책은 A, B, C로 등급이 매겨져 있었다. A등급은 대다수가 읽고 싶어 하는 책이었고, B등급은 그럭저럭 인기 있는 책이었다. 그리고 C등급은 인기 없는, 말하자면 한물간 책이었다. 그런데 A등급 책을 한 권 받으면 B등급 책 세 권과 C등급 책 여러 권이 딸려 왔다. 돈을 더 지불하면 A등급 책을 여러 권 받을 수 있지만, B등급이든 C등급이든 딸려 오는 책도 그만큼 많아졌다. 그런 터에 받은 책을 반납하지 않으면 다음 책을 의뢰할 수 없었다.

서점 입장에서 도서 대여 회원이 된 사람에게 어떤 식으로 대여하면 좋은지에 대해 브롬프턴 측은 한마디도 조언하지 않았다. 큰 도시에 있는 서점 주인은 독자적인 운영 전략이 있겠지만, 플로렌스에게는 그런 것이 있을 턱이 없었다.

플로렌스는 직접 홍보 전단지를 만들어 앞쪽 창문에 붙였다. 그런 간단한 작업만 했는데도 대여를 시작한 첫날 하드버려 주민 서른 명이 회원 가입을 했다. 브런디시 씨는 당연히 회원이 될 줄 알았다. 그런데 어떤 책을 읽고 싶은지 연락해 오지는 않았다. 서른 명의 회원은 어떤 책을 빌릴지 일찌감치 정해두고 있었다. 직장에서 은퇴해 평온한 삶을 보내는 사람이든 가게를 운영하느라 눈코 뜰 새 없이 바쁜 사람이든 영국 왕족이 사는 모습을 궁금해하고 과거 영국을 찬미했다. 결국 서른 명 회원 모두가 최근 출판된 『메리 왕비의 생애』를 빌리고 싶어 했다. 엘리자베스 여왕의 할머니인 메리 왕비뿐 아니라 영국 왕실의 정보에 대해서는 마을 주민들이 책을 쓴 전기 작가보다 더 잘 알고 있는 듯 보였다. 드러리 부인은 "메리 왕태후 폐하는 자수에 능했다지만 온전히 혼자서 수를 놓은 게 아니라 어려운 부분은 시녀들에게 맡겼어요"라고 말했다. 키블 지점장은 영국에서 그런 왕비는 두 번 다시 나타나지 않을 거라고 했다.

물론 『메리 왕비의 생애』는 A등급이었다. 이 책을 맨 먼저 예약한 사람은 손턴 부인이었다. 플로렌스는 자기 방법이 옳다고 확신하고 손턴 부인의 대출 카드를 그 책에 끼워두었다. 이를테면 서점 측에서 회원 각자의 분홍색 대출 카드를 책에 끼워서 알파벳 순으로 정돈해놓은 것을 회원이 직접 가지고 가게 하는 방식이었다. 하지만 이런 시스템에는 큰 결함이 있었다. 쓱 한번 보기만 해도 누가 어떤 책을 빌릴지 알 수 있었던 것이다. 공간이 비좁다 보니 플로렌스로서는 오래 머물거나 책을 펼쳐서 읽는 것을 금지할 수밖에 없었다. 그런데 마을 주민 대부분은 그런 규칙을 지키려 하지 않았다.

"뭔가 착각을 하신 모양이네요. 제가 원하는 건 요즘 나온 책인데, 이건 아주 오래전에 출판된 구닥다리 탐정소설이에요. 신간이 아닙니다."

키블 부인은 그렇게 말하고 30분 뒤 다시 오겠다고 덧붙였다. 그녀는 무슨 일이든 처리하는 데 30분이면 된다고 생각하는 모양이었다.

"그리고 저는 『중국 사상사』 같은 책엔 관심 없답니다."

대여 업무는 매주 월요일 오후 2시에서 3시까지 한가한 시간대로 정했다. 그러므로 성미 급한 키블 부인은 서둘러 올 필요가 없었는데, 2시 정각이 되자 꽤 많은 회원이 한꺼번에 몰려와 그렇지 않아도 비좁은 공간은 뱅크런 사태*가 일어난 듯 소란스러웠다. 플로렌스는 1945년 영국의 뱅크

---

* 금융시장의 악화로 은행의 예금 지급 불능 상태를 우려한 고객들이 대규모로 예금을 인출하는 사태.

런 사태를 어렴풋이나마 기억하고 있었다. 당시 은행은 쇄도하는 고객들의 출입을 막는 한편, 탄환 제조를 돕기 위해 백랍 같은 금속으로 된 잉크병을 제공했고 지폐가 동난 바람에 예금 지급을 동전으로 대신했다. 아무튼 손턴 부인이 직접 와서 『메리 왕비의 생애』를 가져가면 별다른 문제가 없을 터였다. 그런데 절대적 권리를 획득했으므로 만족하며 여유를 부리는지 큰길 쪽에 나 있는 문이 열릴 때마다 부인이기를 기대했지만, 그녀는 끝내 모습을 드러내지 않았다. 모든 회원이 손턴 부인의 대출 카드를 흘끔거렸다.

"『메리 왕비의 생애』는 손턴 부인이 먼저 읽기로 되어 있군요. 그런데 부인은 책 읽는 속도가 엄청 느리다면서요. 저야 뭐, 그분이 느리든 어떻든 상관없지만요."

"손턴 부인이 이 책을 가장 먼저 신청하셨어요. 저로서는 그 점을 고려할 수밖에 없습니다."

"이런 말씀을 드려 죄송하지만, 그런 부인이 마을 위원회 같은 데서 조금이라도 일해봤다면 한 가지만 고려해 일 처리하는 게 얼마나 융통성 없는 비효율적인 행위인지 잘 아실 텐데 아쉽네요."

"작은 마을이라서인지 굳이 알고 싶지 않아도 서로 자연스레 알게 되는 것 같아요. 생각 외로 영국 왕실에 대해 관심을 넘어 강한 애착을 갖고 있는 사람이 많은 듯해요. 이미 고인이 된 왕태후 폐하에 관한 책을 누구보다 가장 먼저 읽을 권리가 있다고 생각하는 사람이 몇 분 있어요. 그분들은 오래전부터 왕실을 열광적으로 좋아한 것 같아요."

"손턴 부인도 그런 권리가 있다고 확신하는 모양이네요."

초여름 오후의 서점 안은 그야말로 찜통이었다. 회원이 두 명 더 들어왔다. 그중 한 사람이 자신 있는 어조로 말했다.

"손턴 부인은 왕실이라면 사족을 못 쓸 정도로 좋아하면서 지난 선거에서는 자유당을 찍었다더군요."

큰길로 통하는 문은 물론이고 뒤쪽의 부엌문도 여자들에 의해 꽉 막혔다. 하드버러의 회사들은 다른 지역 회사들보다 근무 시간이 짧았다. 그래서인지 4시쯤 되자 남자 손님들이 하나둘씩 들어왔다.

"제가 잘못 신청한 줄 알았네요. 보세요, 여기에 확실하게 적어놨잖아요. 안 그래요? 아무래도 대출 시스템을 좀 고쳐야 하지 않을까 싶네요. 『메리 왕비의 생애』는 누구나 읽고 싶어하잖아요. 그렇다면 몇 권 더 들여놔야 하지 않나요?"

결국 플로렌스는 올드하우스 서점의 대여 업무를 멈추었다가 한 달 뒤 재개하기로 했다. 그녀는 가게 일을 도와줄 사람이 필요했기 때문에 대여 업무를 중단한 한 달 동안 적임자가 나타나기를 바랐다. 그런 한편으로 스스로의 약점을 인정하고 브런디시 씨 앞으로 서점이 처한 상황을 설명함과 동시에 업무 중단에 대한 양해를 구하는 내용의 편지를 써서 윌리에게 전해달라고 부탁했다. 홀트하우스에 갔지만 브런디시 씨의 모습이 보이지 않았으므로 윌리는 편지를 저택에 우유를 배달하는 남자에게 맡겼다. 남자는 편지를 감자 더미를 덮은 마포 밑에 우유와 함께 두었다. 저택의 우편함이 녹슬어 오래전부터 쓸 수 없었기 때문에 브런디시 씨는 우편물을 그곳에 놓도록 했다.

5

플로렌스는 혼자서 서점의 모든 일을 처리할 수 있다는 생각이 얼마나 어리석은지 절실히 깨달았다. 도와줄 사람 없이는 도저히 더는 버틸 수 없을 것 같았다. 그녀는 플린트 마켓과 킹스그레이브와 하드버러를 총괄하는 「타임스」 지사에 전화를 걸기로 했다.

"재닛, 되도록 빨리 모집 광고를 내려고 해요."

플로렌스는 하드버러 전화 교환실 밖에 세워져 있는, 재닛이 타고 다니는 단기통 오토바이를 본 기억을 떠올리고 그녀라면 광고에 대해서도 웬만큼 알 거라고 생각했다.

"그린 부인, 광고는 작게 내실 생각이죠?"

"네, 그렇죠."

"그래도 아르바이트 모집 광고를 내는 건 생각할 필요가 있을 것 같아요. 솔직히 돈이 아깝잖아요. 기핑 씨 딸 가운데 하나가 방과 후 서점에 들르지 않나요?"

"생각은 하고 있지만, 급해서 「타임스」에 내보려는 거예요."

"일주일쯤 전에 레이븐 씨가 기핑 씨 집에 전화를 걸었어요. 가능하면 장녀를 서점에 보내라고 했는데, 부인이 콩을 거두는 동안 큰애는 집안일을 해야 한다더군요. 하지만 그 집엔 둘째도 있고 막내도 있으니까 한번 생각해보세요."

플로렌스는 이렇게 오랜 시간 사적인 통화를 하면 동료들 눈치를 보아야 하지 않느냐고 말했다. 그러자 재닛은 주위에 사람이 없다고 대꾸했다.

"대부분 올드버러에서 열리는 음악 축제에 갔어요. 나머지 사람들은 새로 문을 연 식당에 피시앤칩스를 먹으러 갔고요. 오늘 저녁부터 영업한다나 봐요."

"피시앤칩스 식당에선 불로 식용유를 끓이니까 화재 위험이 있어요. 혹시 모르니까 전화 오래 하면 안 될 것 같아요. 긴급사태가 일어날 수도 있잖아요. 그런데 그 식당 데븐 씨가 운영하나요?"

"무슨 말씀이에요? 데븐 씨는 피시앤칩스 식당이 생겨서 이제 생선가게는 손해 볼 일만 남았다고 불평했어요. 어젯밤 예배에서는 찌든 식용유 냄새가 교회 안에 퍼질 수도 있다면서 목사님을 자기 편으로 끌어들이려고 했고요. 하지만 목사님은 어느 한쪽 편에 서고 싶지 않다고 말씀하셨던 것 같아요."

플로렌스는 전화 교환원들이 서점에 관한 소문을 들으면 어떻게 전파할지 내심 궁금했다.

*

이튿날 티타임에 놀라울 정도로 얼굴이 창백하고 몸이 비쩍 마른 열 살 남짓의 자그마한 소녀가 올드하우스에 들어왔다. 소녀는 촘촘하게 짠 분홍색 카디건에 허름한 청바지 차림이었다. 플로렌스는 광장 근처에서 만난 소녀라는 것을 대번에 알아챘다.

"넌 크리스틴 기핑이지? 언니가 올 줄 알았는데……."

"언니는 해가 길어져서 찰리 커츠와 함께 양치식물이 우거진 곳에 갔을걸요."

크리스틴은 이렇게 말했지만, 사실은 조금 전 교차로 옆 양치식물이 우거진 곳에 세워진 두 대의 자전거를 보고 온

참이었다.

"저는 그럴 일은 조금도 없으니까 걱정하지 마세요. 내년 4월이면 열한 살이 돼요. 저는 그것도 아직 시작하지 않았어요."

크리스틴이 말했다.

"언니가 한 명 더 있지 않니?"

"그 언니는 집에서 마거릿과 피터랑 노는 걸 좋아해요. 둘 다 어리거든요. 제 동생들이고요. 그딴 이름을 붙인들 무슨 무슨 의미가 있겠어요? 그런다고 마거릿 공주나 그 연인 피터 타운센드 공군 대령 같은 인물이 되는 것도 아닐 텐데요."

"너와 일하고 싶지 않아서 언니들 이야기를 꺼낸 게 아니야. 물론 나이도 어리고 힘도 없을 것 같아서……."

"겉모습만으로 판단하지 마세요. 그런 아주머니도 나이를 먹었지만 그렇게 힘세 보이지는 않아요. 그리고 우리 집 자매들은 다 고만고만해요. 그래도 모두 일 하나는 끝내주게 잘하죠."

크리스틴의 피부는 하얗다 못해 투명했다. 머릿결은 부드러워 보였는데 바람이 살짝 불어도 힘없이 흩날려 금세 이마가 훤히 드러났다. 플로렌스는 소녀의 마음에 상처를 남기고 싶지 않아 온화하게 미소 지었다. 그러자 크리스틴도 활짝 웃었다. 그때 부러진 앞니 두 개가 보였다.

두 개의 앞니는 작년 겨울 부러졌다는데 이유가 특이했다. 빨랫줄에 걸린 꽁꽁 언 조끼에 얼굴을 부딪쳐 이가 부러진 것이다. 하드버러 아이들이 대개 그렇듯 크리스틴도 일찌감치 참는 법을 배웠다. 아이들은 습지대에 걸쳐 있는 다리의 얇은 난간 위를 줄타기 곡예사처럼 걷다가 습지에 고꾸라지거나 골절상을 입곤 했다. 심지어 익사 위기에 빠지기도 했다. 아이들 놀이는 단순하면서도 과격했다. 조약돌이나 밭에서 뽑은 무를 서로 던졌다. 어디서 들었는지 한 소년은 낚시 미끼로 쓰는 구더기를 먹으면 머리가 좋아진다며 병에 가득 든 구더기를 한 마리도 남기지 않고 몽땅 먹었다. 크리스틴의 어머니 기핑 부인은 자식들을 굶기기는커녕 배불리 먹이기로 유명했다. 그런데 크리스틴은 보는 사람이 안타까울 정도로 빼빼 말랐다.

"내일 어머니를 뵙고 너에 대해 이야기해볼게."

"마음대로 하세요. 엄마는 제가 방과 후 매일 여기에 오게 하고, 토요일은 온종일 일하게 해서 일주일에 12실링 6펜스 이상은 주라고 할걸요."

"그렇게 일하면 학교 숙제는 언제 해?"

"집에 돌아가서 저녁 먹고 하면 되죠, 뭐."

크리스틴은 잠시도 가만히 있지 않았다. 당장이라도 일할 마음이 있는 듯 주위를 두리번거렸다. 이윽고 크리스틴은 뒤쪽 부엌으로 가서 분홍색 카디건을 벗었다.

"그 카디건, 직접 뜨개질한 거니? 손으로 짜기가 굉장히 어려웠을 것 같구나."

"「여성 자신」이란 잡지에 뜨개질하는 방법이 실렸어요. 반소매를 짜는 방법이었지만요."

크리스틴은 얼굴을 찌푸렸다. 첫 면접에서 좋은 인상을 주려고 가장 좋은 옷을 입고 왔는데, 별 효과가 없다고 생각한 모양이었다.

"아주머니는 아이 없어요?"

"갖고 싶었는데 그러지 못했단다."

"인생을 그냥저냥 살아왔나 보네요."

플로렌스가 뭐라고 반론하려 했지만, 크리스틴은 아랑곳하지 않고 탄력 없는 머릿결을 흩날리며 서점 안을 마구 돌아다녔다. 그러면서 서랍을 열어보기도 하고 진열이 잘못되었다며 지적하기도 했다.

"여기 진열해놓은 카드가 부족하네요. 제가 나중에 추가할게요. 저 서랍 안에 카드 견본이 커다란 포장지에 포장된 채로 깊숙이 들어 있던데요. 아주머니 취향이 아니라서 넣어둔 거예요?"

크리스틴의 진열 방식은 괴팍할 정도로 독특했다. 셋째라는 위치에서 오랜 시간 꾹 눌러 참아온 정리 정돈 재능을 발휘하는 듯 카드를 생경하면서도 다양한 방식으로 진열했다. 카드에 적힌 문구를 무시한 채 색깔별로 나눈 탓에 장미색 카드와 노을빛 카드가 새빨간 바닷가재 카드와 함께 놓이기도 했다. 바닷가재는 스코틀랜드 풍의 모자를 쓰고 와인 잔을 입에 댄 채 스코틀랜드 어로 '이별하기 전에 축배를!'이라고 말하고 있었다. 이 카드는 포장된 채 서랍에 들어 있던 견본이었다.

"로맨틱한 것과 유머러스한 것을 따로 놓는 게 좋겠어."

플로렌스가 말했다. 플로렌스가 보기에 카드 제작자는 인생이라는 여정의 여러 단계에서 느끼는 감정을 카드로 표현하는 데 있어서 기본적으로 두 가지 방식으로 접근한 것 같았다. 이를테면 바닷가재는 이별을 재치 있게 묘사한 것이라면, 노을 카드에는 순수하게 슬픈 메시지가 담겨 있었다.

"'오어(o'er)'랑 '니스(neath)'가 각각 무슨 뜻인지 아세요?"

크리스틴이 날카로운 말투로 물었다. 두 낱말은 스코틀랜드 어로 각각 '위로'와 '아래로'를 뜻했다. 소녀가 자신이 모른다는 사실을 처음으로 인정하는 듯한 모습을 보이자 고용주인 플로렌스는 회심의 미소를 지었다. 소녀는 자신이 불리한 상황에 놓여 있다는 것을 즉시 알아차렸다.

"아직도 포장을 뜯지 않은 물건이 잔뜩 쌓여 있네요."

크리스틴이 질책하듯 말했다. 둘은 함께 포장을 뜯어 내용물을 살펴보았다. 카드에는 벌거벗은 남자와 여자가 부둥켜안고 있었고, 그 아래에는 '오늘 잊지 않고 반드시 해야 하는 일이 하나 더 있다'라는 문구가 적혀 있었다.

"이런 건 버리자."

플로렌스가 단호하게 말했다.

"출판사 영업 직원들 가운데에는 팔아도 될 물건과 팔지 말아야 할 물건을 제대로 구분하지 못하는 사람이 꽤 많아. 아예 생각이 없는 사람들이지."

크리스틴은 몸을 비틀며 킥킥거리더니 하드버러에는 이런 카드가 우편함에 꽂혀 있곤 하는데, 그러거나 말거나 전혀 개의치 않는 사람이 많다고 말했다. 플로렌스는 크리스틴이 보통내기가 아니라고 생각했다. 도서 대여를 다시 하면 크리스틴이 큰 도움이 될 것 같았다.

그날 밤 플로렌스는 크리스틴을 집까지 바래다주었다. 반

쯤 열린 마당 문 근처에서 기핑 부인이 크리스틴의 귀가를
기다리는 듯 서성거리고 있었다. 플로렌스는 부인과 딱히
이야기를 나눌 필요가 없을 듯해 크리스틴만 안으로 들여보
냈다.

피터라는 자그마한 아이가 덜 자란 강낭콩 덩굴 사이에
막대기를 꽂고 있었다.

"누나, 왜 이렇게 늦었어?"

피터가 묻는 소리가 들렸다.

"그린 아주머니 가게에서 아르바이트하느라고."

"그건 왜 해?"

"아주머니 가게에는 사람들이 읽을 책이 엄청 많아."

"왜 많아?"

*

출판사 영업 직원이 탄 밴이나 스테이션왜건이 햇빛을 받
아 반짝이는 습지대 너머에서 자주 모습을 드러냈다. 차들
은 이따금 교차로 근처에서 진창에 바퀴가 빠져 옴짝달싹
못 했고, 해안가에서 유턴하려다 건물 벽에 부딪히곤 했다.
여름철에도 이곳까지 오는 것은 결코 쉬운 일이 아니었다.

영업 직원들은 별다른 사고 없이 서점에 도착했더라도 애써 가져온 책을 플로렌스가 구입하지 않을까 봐 쭈뼛거리며 그녀의 눈치를 살폈다. 플로렌스는 『향기로운 순간』 같은 시리즈나 스케줄을 적는 수첩을 받고 싶었는데, 그들은 허름한 표지에 한 번도 구애를 받아본 적 없는 여자 같은 분위기를 풍기는 소설책을 한꺼번에 대량으로 구입하기를 바랐다. 플로렌스는 영업 직원과 그런 책들에 대한 동정심을 이기지 못하고 덜컥덜컥 구입하기 일쑤였다. 그런 데다 먼 곳까지 찾아온 사람들이므로 홍차 한잔이라도 대접해야 직성이 풀렸다. 영업 직원들은 신에게까지 버림받은 듯한 오지를 다시 찾아올 날이 까마득히 먼 훗날이 되기를 바라면서 홍차에 설탕을 듬뿍 넣고 휘휘 저으며 한숨을 돌렸다.

"경쟁할 서점이 없는 것만은 확실하네요. 플린트마켓에서 여기까지 오는 동안 서점은 한 군데도 없었어요."

올드하우스에 처음 온 영업 직원이 홍차를 한 모금 마시고 말했다. 그는 이미 오래전에 기차 운행이 중단되어 앞으로도 주문받은 책을 차로 실어 나를 수밖에 없다는 사실에 맥이 풀린 듯 한숨을 푹푹 쉬었다. 그가 돌아가려고 서점을 나서자 바람이 아까보다 더 거세게 불었다. 이곳에 올 때는 책 무게로 차체가 바람에 흔들리지 않았다. 그런데 바람이 더 세게 부는 데다 책을 다 내렸기 때문에 영업 직원이 탄 밴은 불안정하게 흔들거리며 울퉁불퉁한 도로를 달렸다. 가축 중에서도 호기심이 왕성한 송아지들이 우거진 풀 사이로 고개를 쏙 내밀고 순한 눈으로 멀어지는 밴을 바라보았다.

"왜 이런 책을 받았담? 나도 나 자신을 잘 모르겠어. 강제로 떠맡기지도, 살살 꼬드기지도 않았는데 왜 들여놨냐고?"

영업 직원이 떠나고 나면 플로렌스는 이렇게 자책했다. 한두 번이 아니었다. 플로렌스는 비단 천에 문양을 넣은 중국제 책갈피를 내려다보았다. 무려 200매나 되는 양이었다. 장수를 뜻하는 황새와 행복을 의미하는 복숭아꽃이 어우러진 책갈피였는데, 아름다운 물건을 보면 눈을 떼지 못하는 탓에 무작정 들여놓았던 것이다. 아무래도 하드버러 사람들은 그다지 좋아하지 않을 것 같았다. 그런데 크리스틴이 플로렌스의 걱정을 조금 덜어주었다.

"관광객들이 많이 살 거예요. 여름이 되면 정신을 못 차릴 정도로 더워서 사람들이 돈을 어디에 써야 할지 잘 모르거든요. 아무 생각 없이 마구 살걸요."

*

7월에는 집배원이 서퍽주 베리세인트에드먼즈 소인이 찍힌 편지를 전해주었다. 봉투가 두툼한 것으로 보아 편지 내용이 아주 긴 모양이었다. 일단 책 주문과 관련된 편지는 아닌 게 분명했다.

친애하는 그린 부인께

부인께서 시작한 사업 이야기가 어떤 경위로 제 귀에까지 들어오게 되었는지 안다면, 아마 유쾌하면서 참 재미있다고 생각하실 겁니다. 지금은 이 세상 사람이 아닌 제 처의 사촌(정확히 말하자면 '사촌의 아들'이라고 해야 할 것 같네요)이 재혼하면서 롱워시 지역에서 당선된, 앞날이 창창한 젊은 국회의원과 친척이 되었습니다. 그래서 저도 젊은 국회의원을 알게 되었는데, 그가 말하기를 자기 고모(바이올렛 가맛 부인이라고 합니다만, 저는 아직 뵌 적이 없습니다)가 주최한 파티에 참석했다가 하드버러에 드디어 서점이 들어선다는 말을 들었다고 하더군요.

"도대체 어느 부분이 유쾌하면서 참 재미있다는 거야?"
플로렌스는 편지를 읽다 말고 고개를 갸웃거리며 중얼거

렸다. 그러다 공연히 트집 잡을 생각하지 않고 마저 읽기로 했다.

이 편지를 쓰게 된 이유가 결코 책 때문이 아니라고 한다면, 더욱 흥미로워하시지 않을까 싶습니다.

편지글은 얇은 종이 몇 장에 길게 이어져 있었다. 보낸 사람은 시어도어 길이라는 남자였다. 남자는 노펀주 야머스에서 거주하는데, 자신을 '20세기 초의 편안함을 주는 화풍을 버릴 이유가 없다고 주장하는 수채화가'라고 소개했다. 편지를 보낸 목적은 올드하우스에서 소규모 개인전을 열고 싶으니 허락해달라는 것이었다. 남자는 가맛 부인과 부인의 조카인 앞날이 창창한 젊은 국회의원 이름만 대도 그 자체가 훌륭한 추천장이 되리라고 확신하는 것 같았다.

플로렌스는 선반을 죽 둘러보았다. 선반 사이로 보이는 벽 공간은 넓어야 30제곱센티미터 정도밖에 되지 않았다. 굴 창고는 얼마든지 그림 전시 공간으로 쓸 수 있지만, 햇볕이 쨍쨍 내리쬐는 한여름임에도 온종일 눅눅했다. 플로렌스는 편지를 서랍에 넣어두었다. 서랍에는 이미 비슷한 내용의 편지가 몇 통 들어 있었다. 이스트서픽에 거주하는 상류

중산계층 사람들에게 중년의 삶은 '중년의 위기'로 인식되어 있었다. 이 시기에 접어들면 적지 않은 사람들이 수채화가로 직업을 바꾼 듯 풍경화를 그리기 시작했다. 그림에 소질이 없으면 처음부터 발을 들여놓지 않았겠지만, 자칭 화가라는 사람들은 하나같이 실력이 만만찮았다. 하지만 그림은 모두 비슷했다. 이 집이든 저 집이든 거의 똑같은 그림이 액자에 담긴 채 거실에 걸려 있었다. 그리고 창밖으로는 특별한 색깔이 없는 공허한 불모지의 풍경이 투명한 하늘 아래 끝없이 펼쳐져 있었다.

플로렌스는 교회 홀보다 좀 더 번듯한 장소에서 개인전을 열고 싶은 욕망이 '중년의 위기'에 나타나는 하나의 현상이라고 여겼고, '지역 작가'들이 편지를 보내오는 것도 그런 현상 중 일부라고 생각했다. 화가나 작가들이 보내온 봉투에는 〈레이즈강의 일몰〉 같은 제목이 붙은 그림이나 『습지대를 도보로 횡단하다』, 『이스트앵글리아를 자전거로 횡단하다』 따위의 제목이 붙은 책이 들어 있었다. 바다 외에 온통 평지뿐인 곳에서 횡단 말고 무엇을 할 수 있겠는가? 플로렌스는 지역의 화가나 작가들이 그들 말대로 '열정적인 팬을 위한 사인회'를 열고 싶다며 찾아오면 어떻게 해야 할지 생각해보았다. 하지만 아무리 생각해보아도 공간이 좁아 잠시 앉아 있으라는 말조차 할 수 없었을 것 같았다. 계단 밑에 탁자를 가져다 놓아볼까? 그러려면 탁자에 잔뜩 쌓인 재고 서적을 다른 데로 옮겨야 하는데 이 또한 여의치 않았다. 그리고 재고 서적을 옮긴다고 해서 해결될 일도 아니었다. 탁자 안쪽에서 펜을 쥐고 앉아 산더미처럼 쌓아둔 자기 책에 둘러싸인 채 몇 시간이 지나도 찾아오는 독자 하나 없는 현실을 마주한 작가의 낙담으로 얼룩진 표정이 플로렌스의 머릿속에 선명하게 그려졌다.

'하드버러의 화요일은 무척 조용해요. 날씨가 화창하면 더 조용하고요. 사인회를 월요일에 열지 않는 게 좋다고 말씀드린 건 화요일보다 더 조용하기 때문이에요. 수요일도 시장만 빼고 아주 조용하답니다. 목요일은 회사들이 일찍 끝나는 날이에요. 그래서 독자들이 하나둘씩 찾아와 작가님이 쓰신 책을 구입할 수 있겠죠. 이미 작가님에 대한 소문을 들었을 테니까요.'

'선생님은 이 지역에서 유명한 화가시잖아요? 분명히 많은 사람이 찾아와 사인해달라고 할 거예요. 사람들은 도보로 또는 자전거를 타고 습지대를 건너는 것도 마다하지 않을 겁니다.'

플로렌스는 작가나 화가의 눈치를 보며 이런 식으로 아첨

하는 자신을 떠올려보았다. 생각하는 것만으로도 온몸에 한기가 돌았다. 다행히 플로렌스는 그런 일이 현실로 이루어지는 것을 막을 수 있었다. 시어도어 길이 보낸 여러 장의 편지 또한 서랍에 처박혀서 두 번 다시 밖으로 나오지 못할 운명이었다.

*

플로렌스는 너무 바쁜 나머지 바캉스 철이 된 것도 알아채지 못했다. 해안가에 늘어선 집마다 커다란 비치타월이 창문에 내걸린 채 바람에 나부끼고 있었다. 페리는 하루에 몇 번씩 레이즈강을 오르락내리락했고, 흔해 빠진 피시앤칩스만 파는 식당 주인은 폐허로 변한 비행장에서 철판을 뜯어와 가게를 넓혔다. 하루는 월리가 서점에 찾아와서 크리스틴에게 캠핑을 함께 가지 않겠냐고 물었다. 크리스틴은 바로 대답하지 않고 월리가 가게 안을 돌아다니며 이상한 짓을 하는지 어떤지 눈을 동그랗게 뜨고 지켜보았다. 그러다 자기 언니들을 흉내 내어 새침한 표정으로 월리의 제안을 거절했다.

"월리가 스키플* 밴드에서 연주할 때 쓰려고 하는지 저기 뒤쪽에 있는 빨래판을 갖고 싶어 하는 것 같아요. 빨래판에 눈독을 들이는 걸 제가 봤어요."

"가져가라고 하지 그랬어. 어차피 안 쓰는 거니까 말이야. 월리가 필요하다고 하면 빨래 짜는 도구도 가져가라고 해."

플로렌스가 말했다.

플로렌스는 바닷가에 나가보기로 했다. 마침 목요일이라 서점 일이 그다지 바쁘지 않았다. 해안가에 살면서 몇 주나 바다를 외면했으므로 벌이라도 받을 것 같았다. 플로렌스는 겨울 바다를 더 좋아하지만 스스로를 위로하는 의미에서 바닷물에 뛰어들어 헤엄치고 알록달록한 조약돌로 뒤덮인 기다란 둑에 서서 햇볕을 쬐고 싶었다. 아이들은 모랫바닥에 주저앉아 어떤 조약돌을 양동이에 담을지 몰라 고민하는 표정을 짓고 있었고, 어른들은 물수제비를 뜨려는지 얄따란 돌멩이를 줍고 있었다. 사람들이 읽다가 바닥에 놓은 신문이 바람을 타고 날아다녔다.

이윽고 바람이 거세지자 여자들이 아이들을 데리고 바닷가에 죽 늘어선 오두막으로 들어갔다. 오두막들은 차가운

---

* 1950년대 영국에서 유행한, 재즈와 포크가 혼합된 형태의 음악.

파도가 거세게 일렁이는 북해에서 불어오는 바람에 쓰러지지 않으려고 단짝 친구처럼 서로 바짝 붙어 있었다. 이곳에서 북쪽으로 좀 더 올라가면 보기에 썩 유쾌하지 않은 것들이 모래사장에 흩어져 있었다. 그것은 밀물에 밀려온 동물 뼈거나 정체를 알 수 없는 물건이거나 부패한 듯 악취를 풍기는 물개 사체였다.

하드버러 주민들은 거리낌 없이 관광객들 사이에 끼어들었다. 플로렌스의 눈에 은행 지점장 키블의 모습이 들어왔다. 그는 생뚱맞게도 줄무늬 수영 팬츠를 입고 있었다. 그의 부인과 은행 입출금 담당자도 눈에 띄었다. 키블 지점장이 플로렌스를 보자마자 목청껏 소리쳤다.

"일만 하고 쉬지 않으면 몸이 망가집니다! 올해 처음으로 바다에 나오셨네요!"

대답할 새가 없었다. 곧바로 도로 쪽에서 누군가 소리쳤다.

"요즘 며칠 동안 날씨가 아주 좋군요!"

플로렌스는 고개를 돌렸다. 레이븐이 새로 구입한 밴에 타고 있었다. 레이븐은 연례 행사라면서 다음 주에 해양소년단 아이들 몇 명을 태우고 견학 겸 런던에 간다고 말했다. 그러면서 베이든포엘 하우스의 건축 현장에도 가보고 아이들 소원대로 리버풀스트리트 역에 가서 기차가 드나드는 광경도 구경할 예정이라고 했다.

플로렌스는 바닷가를 따라 계속 걸었다. 그다지 무겁지 않은 플로렌스임에도 걸음을 옮길 때마다 축축한 모래와 조약돌이 감당하기 벅찬 듯 움푹움푹 파였다. 얼마쯤 더 걷자 발가락 사이로 물이 스며 나왔고, 패인 발자국에는 물이 괴어 반짝거렸다. 플로렌스는 발자국을 내려다보며 무언가 흔적을 남기는 것도 기분 좋은 일이라고 생각했다. 그녀는 물개 사체를 지나 80년 전 한 남자가 사람 머리만 한 호박(그 뒤 이 보석은 한 조각도 나오지 않았다고 한다)을 발견한 곳을 지나갔다. 이윽고 아무것도 없는 황량한 벌판이 그녀의 눈앞에 펼쳐졌다. 관광객도 그런 곳에는 절대로 발을 들여놓지 않을 것 같았다.

플로렌스는 좁고 울퉁불퉁한 길을 걸어 광장으로 향했다. 광장에는 사람들이 꽤 많았다. 혼자서 또는 남자와 여자가 짝을 이루어 개를 데리고 산책하는 사람이 대부분이었다. 그중에는 서점에 들른 바람에 얼굴이 익은 사람도 있었는데, 그 수가 의외로 많아 플로렌스는 놀랐다. 더욱이 그 사람들은 멀리서 플로렌스를 알아보고 손까지 흔들었다. 플로렌스는 그 사람들과 웬만큼 거리가 좁혀지기를 기다렸다가 손을 흔들며 미소로 화답했다. 그들은 플로렌스에게 쉴 수 있어 다행이라면서 도서 대여는 언제 다시 시작하느냐며 빨리 재개되었으면 좋겠다고 말했다. 주인들이 잠시 멈추어 서서 플로렌스에게 미소 지으며 비슷한 질문을 던지는 동안 개들은 지루한 듯 목줄을 당기면서 계속 걷자고 재촉했다. 플로렌스는 걸으면서 이것저것 스스로에게 다짐했다. 구두를 벗은 탓에 걷기가 불편했고, 그래서 다음에는 해변에서 나와 광장으로 들어서기 전에 구두부터 신어야겠다고 생각했다.

이튿날 하늘이 잔뜩 흐리더니 오후가 되자 비가 내렸다. 관광객들이 비를 피해 올드하우스로 몰려들었는데 하나같이 실망스러운 표정을 지었다. 크리스틴이 가게 안이 온통 모래투성이라고 툴툴거리며 쌀쌀맞게 대한 탓이었다. 크리스틴은 관광객이 진열대 앞에 서서 책장을 들추어보기라도 하면 다가가서 책을 살지 말지 빨리 결정하라고 재촉하기도 했다.

"서서 책을 읽는 건 서점의 문화나 전통 같은 거야. 사람들이 서서 책장을 넘겨도 뭐라 하지 말고 가만히 있어."

플로렌스는 크리스틴을 타일렀다. 그러자 기다렸다는 듯 크리스틴이 물었다.

"데븐 씨의 생선가게에서 사람들이 생선을 막 뒤집고 그러면 데븐 씨는 뭐라고 할까요? 책장도 그렇지만 지저분하게 손때가 묻은 카드가 한두 장이 아니에요."

아이비 웰포드가 회계 장부를 살피기 위해 평소보다 이틀쯤 빨리 서점을 방문했다. 아이비의 성실한 점검 덕에 서점이 잘 돌아가고 하드버러 밖에까지 점점 알려진다고 해도 과언은 아니었다.

"반품할 책은 어디 있죠?"

"한 권도 없어요. 반품을 받아들이는 출판사가 없거든요. 출판사는 위탁판매제 같은 걸 싫어해요."

아이비 질문에 플로렌스가 대답했다.

"하지만 손님들은 반품해달라고 하잖아요. 그건 어떻게 처리하죠?"

"물론 구입한 책이 마음에 들지 않는다는 손님이 있죠. 그런 손님 중엔 책 내용이 충격적이라느니 사회주의에 오염된 책이라고 불평하는 사람도 있어요."

"책 가격은 댁의 인명계정 대변에 적고 차변에는 반품이라고 적으세요."

아이비는 플로렌스의 약점을 콕콕 찌르듯 말했다.

"매입장 좀 볼까요? 중국제 비단 책갈피를 매당 5실링에 200매나 구입……. 아니, 이런 식으로 해도 괜찮다고 생각하세요?"

"책갈피마다 각기 다른 새와 나비가 그려져 있잖아요. 쌀을 쪼아먹는 새 그림도 있고요. 예뻐서 들여놓은 거예요."

"그게 문제가 아니에요. 어떤 기준으로 물건을 들여놓았는지 물은 게 아니라고요. 매출장부를 보니까 매당 5펜스에 파셨네요. 대체 어떻게 된 거죠? 설명 좀 해보세요."

"크리스틴이 실수한 거예요. 종이 책갈피인 줄 착각하고 가격을 잘못 읽은 거죠. 수 세기에 걸친 역사와 그에 못지않은 전통을 지닌 동양 예술품의 가치를 열 살짜리 아이가 어떻게 잘 알겠어요?"

"좋아요, 그건 그렇다 쳐요. 매당 4실링 7펜스 손실*이 장부엔 적혀 있지 않은데, 이건 또 어떻게 설명하시겠어요? 이런 식으로 하면서 대체 시산표를 어떻게 작성하라는 거예요?"

"소액 현금**으로 처리할 수 없을까요?"

플로렌스가 애원하듯 말했다.

"소액 현금은 지불액이 아주 적을 경우에 사용하는 거예

---

* 당시 영국에서는 20진법을 사용했다.
** 적은 비용 등을 지불하기 위해 따로 비치해두는 돈.

요. 말이 나왔으니 이와 관련해서 질문 하나 더 할게요. 12실링 11펜스 지불은 대체 뭐죠?"

"아마 우윳값일 거예요."

"우윳값이요? 혹시 고양이 기르세요?"

*

9월이 되자 관광객들이 하나둘씩 철새처럼 떠나기 시작했다. 초등학교는 새 학기를 맞았고, 플로렌스는 거의 온종일 서점에 틀어박힌 채 혼자서 지냈다.

며칠 뒤 마일로 노스가 서점에 와서는 캐티에게 줄 생일 선물을 구입하고 싶다고 말했다. 마일로는 대충 둘러본 끝에 기독교 성지를 소개하는 그림책인 『바이블 랜드』를 골랐다. 선물을 고르는 마일로의 태도에는 애정이나 성의 같은 것이 없어 보였다.

"바이올렛 씨는 자신의 생각을 그만 접은 것 같던데요. 책을 구입하러 여기 온 적 있나요?"

"서점을 연 지 얼마 되지 않았잖아요."

"무슨 소리예요? 반년이나 됐어요. 조만간 올 겁니다. 자존심이 강한 사람이니까 오지 않고는 못 배길 거예요."

플로렌스는 안도하면서도 왠지 모르게 모욕당한 기분이었다.

"조만간 도서 대여도 다시 할 생각이에요. 아마 가맛 부인도 그때……."

"수익은 좋은 편인가요?"

마일로가 물었다. 가게 안에 있는 손님은 둘 또는 셋이었다. 그중 한 명은 매일 학교가 끝나면 찾아와서 『나는 총통을 위해 하늘을 날았다』를 읽는 해양소년단 아이였다. 아이는 책갈피 대신 알사탕을 묶는 끈을 페이지 사이에 끼워놓고 집에 돌아가곤 했다.

"이 가게에 필요한 책이 뭔지 알려드릴까요? 바로 이런 책입니다."

마일로가 자기 옆구리에 끼고 있는 얇은 책을 가리키며 말했다. '올림피아 프레스'에서 출간한 연두색 표지의 책이었다.

"이건 상권이죠."

"하권도 있어요?"

"갖고 있지 않지만 하권도 나와 있어요. 하권 책을 누군가에게 빌려줬는지 잃어버렸는지 잘 모르겠네요."

"상권과 하권으로 된 책은 늘 세트로 가지고 다니셔야

죠.”

플로렌스는 그렇게 말하고 책 제목에 눈을 돌렸다.『롤리타』였다.

“소설의 경우, 되도록 작품성이 뛰어난 것만 들여놓고 싶어요. 날개 돋친 듯 팔리지 않는 소설이어도 상관없어요. 그 소설은 어때요?”

“플로렌스, 당신을 돈방석에 앉힐 겁니다.”

“좋은 작품인가요?”

“두말하면 잔소리죠.”

“알려주셔서 고마워요. 사실은 노스 씨에게 이따금 조언을 구하고 싶었어요. 친절한 분 같으니까요.”

“한두 번 느낀 게 아닌데, 당신은 사람 보는 눈이 없는 것 같습니다.”

마일로가 웃지도 않고 말했다.

태어나서 자란 환경이 자기와 다른 만큼 플로렌스는 마일로를 제대로 이해할 수 없는 것이 당연하다고 생각했다. 그녀는 편안한 것만 좇는 삶은 바람직하지 않으며 웬만큼 고생해야 어엿한 인간으로 성장할 수 있다고 믿었다. 인간성이라는 것도 선한 의지와 악한 의지의 싸움에서 비롯된다고 믿었다. 자기만 괜찮다 싶으면 곧바로 다음 행동으로 넘어

가는 마일로를 플로렌스는 쉽게 신뢰할 수 없었다.

플로렌스는 '롤리타'라는 제목과 저자인 나보코프의 이름을 메모지에 적었다. 이름으로 보아 저자는 외국인 같았다. 플로렌스는 러시아 사람일 거라고 생각했다.

6

크리스틴은 문단속하기를 좋아했고, 그런 만큼 아주 능숙하게 했다. 열 살밖에 안 된 아이인데도 어느 문을 어떻게 잠가야 하는지 정확하게 알고 있었다. 크리스틴은 올해 초등학교 최종 학년이었다. 내년 늦여름에 치러야 하는 일레븐플러스의 그림자가 이미 크리스틴의 눈앞에 어른거릴 터였다. 다른 아이라면 아르바이트를 그만두고 공부에 전념해야할 시기였다. 하지만 플로렌스는 크리스틴이 오해할까 봐두려워서 이제 아르바이트를 그만두면 어떻겠느냐는 말을좀처럼 꺼낼 수 없었다. 몇 개월 사이 둘은 서로 적지 않은영향을 주고받았다. 플로렌스는 성격이 유연해졌고, 크리스틴은 전보다 섬세해졌다.

추위가 본격적으로 닥쳤다고 할 수 있을 정도로 기온이 뚝 떨어진 9월의 어느 날 저녁, 플로렌스와 크리스틴은 서점 문을 닫고 편안한 의자에 귀부인처럼 앉았다. 이윽고 크리스틴이 찻물을 끓이겠다며 자리에서 일어나 주전자를 들고 뒤쪽 부엌으로 갔다. 플로렌스는 수도꼭지에서 물이 흘러나오는 소리와 엘리자베스 여왕 대관 기념으로 판매하기 시작한 빨간 철제 비스킷 통이 선반에 놓이는 소리에 귀를 기울였다.

"저희 집에 있는 비스킷 통은 파란색이에요. 똑같이 웨스트민스터 사원이 인쇄돼 있긴 하지만, 저희 집에 있는 건 대관식 퍼레이드 장면이 통의 옆구리를 둥그렇게 둘러싸고 있어요."

"아무래도 난로를 켜야 할 것 같아."

플로렌스는 잠자코 앉아만 있으려니 마음이 불편해 한마디 했다.

"저희 집에선 엄마가 석유난로를 못 켜게 해요. 위험하다면서요."

"자주 청소하고 바람이 양쪽에서 난로 안으로 한꺼번에 들어오지 않게만 하면 괜찮아."

플로렌스는 그렇게 말하고 난로의 연료통 뚜껑을 꽉 닫았다. 그녀는 크리스틴과 함께 있으면 이따금 자기가 옳다고 주장하는 스스로를 신기하게 여기며 피식 웃었다.

석유난로는 제 기능을 제대로 발휘하지 못했다. 하드버러에서는 드물게 바람이 불지 않는 날인데도 푸른 불꽃이 어딘가로 튈 듯 확 피어올랐다가 금세 사그라들곤 했다. 네버 콜드*라는 자신만만한 상표명이 무색하게 영 신통치 않았다.

플로렌스는 한참 동안 애쓴 끝에 마침내 난롯불을 조절하는 데 성공했다. 크리스틴이 차 도구가 담긴 검은색과 황금색이 섞인 커다란 쟁반을 들고 사뭇 진지한 표정으로 돌아왔다.

"이 오래된 쟁반, 제 마음에 들어요. 제게 주겠다고 유언장에 써주세요."

크리스틴이 당돌하게 말했다.

"유언장은 아직 생각하고 싶지 않아. 나는 지금 중년의 삶을 살고 있고, 서점도 운영하고 있는걸."

"이거, 일본에서 만든 건가요?"

옻칠 쟁반에는 은은한 달빛 아래에서 조용히 낚싯대를 드

---

* 절대로 춥지 않다는 뜻.

리운 두 명의 노인이 그려져 있었다.

"아니, 중국에서 만든 거야. 우리 할아버지가 난징에서 가지고 오셨어. 할아버지는 여행을 무척 좋아하셨단다. 요즘도 이렇게 옻칠 된 제품을 만드는 장인이 중국에 있는지 모르겠네."

네버콜드는 안정적으로 불을 뿜어 올렸다. 난로 앞 뜨거운 물이 담긴 찻주전자에서 김이 모락모락 피어올라 실내는 더욱 아늑해졌다. 누군가 플로렌스와 크리스틴을 본다면 나이 차이가 별로 없을 거라고 생각할 터였다. 둘 앞에는 여자로서의 똑같은 인생이 새롭게 펼쳐져 있는 것 같았다.

저녁놀에 물든 파도 소리만 은은하게 들릴 뿐, 하드버러는 정적에 휩싸여 있었다. 덕분에 플로렌스와 크리스틴은 조용하고 포근한 분위기에 점점 더 깊이 잠겨 들었다. 이윽고 봉제 인형처럼 의자에 축 늘어진 채 앉아 있던 크리스틴이 윗몸을 똑바로 세우더니 계속해서 꼼지락거렸다. 아이라서 오랫동안 잠자코 앉아 있는 것이 불편한 모양이었다.

"문단속 제대로 했는지 확인 좀 하고 올게요."

크리스틴은 그렇게 말하고 자리에서 일어나 뒤쪽 부엌으로 향했다. 플로렌스는 크리스틴을 불러 세우려고 의자에서 엉거주춤 일어났다. 다행히 크리스틴은 금세 돌아왔다. 플로렌스는 폴터가이스트가 나타난 바람에 크리스틴이 놀랄까 봐 걱정한 자신을 한심하게 생각했다. 그때였다. 2층 복도에서 조그맣게 속삭이는 소리와 함께 무언가를 긁고 가볍게 두드리는 소리가 들렸다. 장난감 고양이를 줄에 묶어 이리저리 끌고 다니는 듯한 소리도 들렸다. 플로렌스는 아무것도 아니라고, 잘못 들었다고 생각하며 스스로를 다독였다. 하지만 계속 그럴 수는 없었다.

"크리스틴, 너 아주 편안해 보이는구나."

플로렌스는 일부러 큰 소리로 말했다. 크리스틴은 그렇다고 대답했다. 왠지 모르게 비장한 목소리였다. 연극 시간에 담당 교사의 지시로 플로렌스 나이팅게일이나 성모 마리아를 연기할 때 내는 목소리 같았다. 크리스틴은 이어지는 플로렌스의 말을 들으려고 귀를 쫑긋 세우고 있었다. 하지만 누군가가 귀를 잡아당기거나 바늘로 콕콕 찌르는 듯 표정은 잔뜩 일그러져 있었다.

"일레븐플러스 준비하는 것 말이야. 죽 생각해봤는데, 내가 좀 도와줄까? 함께 책을 읽어도 좋고……."

플로렌스는 짐짓 경쾌하게 말했다.

"시험에 독해력 같은 문제는 안 나와요. 문제라고 해야 그림 몇 장을 보고 어울리지 않는 그림을 찾으면 되는 거예요.

아니면 8, 5, 12, 9, 22, 이런 식으로 나열된 숫자를 보고 다음에 어떤 숫자가 와야 하는지 맞히는 문제죠."

플로렌스는 마일로를 이해할 수 없는 것과 마찬가지로 22 다음에 어떤 숫자가 와야 하는지 아무리 생각해도 알 수 없었다. 그녀는 자신이 옛날에 태어난 사람이라 모르는 게 당연하다는 쪽으로 생각을 돌렸다. 네버콜드를 켜놓았는데도 실내 온도가 뚝 떨어진 듯 느껴졌다. 플로렌스는 난롯불을 한껏 키웠다.

"춥지 않니?"

"괜찮아요. 저는 늘 얼굴빛이 안 좋아요. 저를 위해 실내 온도를 높이지 않아도 돼요."

크리스틴은 그렇게 말했지만 불안한 듯 떨리는 목소리였다.

"얼굴빛이 안 좋긴······. 조금 창백할 뿐이야."

"아니에요. 제 동생도 저처럼 얼굴빛이 안 좋아요. 그래서 사람들이 둘이 어쩌면 그렇게 닮았느냐고 말해요."

플로렌스와 크리스틴은 서로 상대를 지켜주고 싶다는 말을 좀처럼 꺼내지 못하고 있었다. 그런 말을 꺼내면 두려움이 더 커질 것 같았다. 실내가 어두우면 당연히 더 두렵겠지만 지금은 전구가 눈부실 정도로 밝은 빛을 구석구석 내뿜고 있었다. 2층에서 들리는 웅얼거리는 소리가 조금 더 커졌다.

"소리가 아까보다 더 커요."

크리스틴은 이제 나이팅게일 목소리를 내지 않았다. 플로렌스는 바로 옆에 있는 소녀의 왼손을 잡았다. 가볍게 전류가 흐르는 것 같더니 맥박이 차갑게 느껴졌다. 마치 전류가 순식간에 얼음으로 변한 것 같았다.

"정말 괜찮아?"

소녀의 손은 무게감이 전혀 없었다. 움직이지도 않았다. 그저 플로렌스의 손에 가볍게 쥐어져 있을 뿐이었다. 크리스틴에게 무언가를 강요하는 건 위험한 행동이었지만, 플로렌스는 아이의 입에서 어떤 말이든 튀어나오기를, 또 서로 마음을 털어놓기를 진심으로 바랐다.

"뭔가 손가락 같은 것이 제 팔을 타고 올라가요."

크리스틴이 잔뜩 겁먹은 표정으로 느릿느릿 말했다.

"이제 손가락이 정수리 근처에서 멈췄어요. 머리카락이 쭈뼛 곤두서는 게 느껴져요."

그것은 순수한 고백이었다. 크리스틴은 멍하니 풀린 눈동자에 어중간한 자세로 의자에 앉은 채 뻣뻣하게 긴장한 몸을 앞뒤로 흔들었다. 잠깐 멈추었던 2층의 소음이 다시금 크게 들렸다. 이윽고 그 소리는 벽을 타고 1층으로 내려와 창가 바깥쪽에서 들리는 듯하더니 갑자기 창문을 격렬하게 흔드는 소리로 바뀌었다. 당장이라도 누군가가 서점 안으로 뛰어들 것만 같았다. 플로렌스와 크리스틴이 마시다 말고 쟁반에 내려놓은 찻잔이 흔들거리더니 빙글빙글 돌았다. 무언가 날아와 창문에 세게 부딪히는 소리가 연이어 들렸다. 심술 사나운 사람이 자갈 섞인 모래 뭉치나 돌멩이를 마구 던지는 것 같았다.

"저건 래퍼 짓이에요. 엄마가 이렇게 낡은 집에는 래퍼가 산댔어요. 하지만 래퍼가 제게는 들러붙지 않을 거랬죠. 왜냐하면 저는 아직 그게 시작되지 않았거든요."

창문에 무언가 부딪치는 소리가 점점 잦아들더니 마침내 들릴락말락 아주 희미했다. 그런데 그 희미한 소리가 조금씩 커지는가 싶더니 이내 짐승 울음소리로 바뀌었다. 그 소리는 금방 잦아들지 않고 길게 이어졌다.

"무서워하지 마, 크리스틴! 저건 소리만 낼 줄 알지 아무것도 할 수 없어!"

별안간 힘이 솟은 듯 플로렌스가 큰 소리로 말했다.

"하지만 우리를 가만 놔두지 않을 거예요. 우리를 이곳에 가두고 계속 겁줄 거라고요."

크리스틴이 나지막이 중얼거렸다.

둘은 소리에 둘러싸인 채 가만히 앉아 있었다. 고문 같은 소리는 10분 조금 넘게 이어졌고, 그 사이 실내 온도는 한기가 돌 정도로 떨어졌다. 플로렌스는 소녀의 손을 꼭 쥐고 있었지만, 감촉을 느낄 수 없었다. 자신의 손가락 감각조차 느껴지지 않았다. 10분쯤 지나자 크리스틴은 잠 속에 빠져들었다.

*

플로렌스는 크리스틴이 더는 아르바이트를 하러 오지 않을 거라고 생각했다. 그런데 소녀는 이튿날 오후 서점에 와서 기괴한 일이 또 일어나면 둘이 함께 무릎 꿇고 하느님께 기도하자고 말했다. 그러고는 자기 엄마가 목사를 찾아가서 상담해도 소용없다고 말했다고 덧붙였다. 기핑 가족은 영국 국교도가 아니라서 성 에드먼드 교회에 다니지 않았지만, 어느 교회에 가서 어떤 목사를 만나든 도움이 되지 않기는 마찬가지일 거라고 크리스틴의 어머니는 생각할 터였다. 플로렌스 생각에 유령은 주문이나 기도로 물리칠 수 있을지 몰라도 래퍼는 그럴 수 없을 것 같았다.

플로렌스는 래퍼를 내쫓기 위해 자애로운 교회에 호소하지 않은 걸 후회했다. 성 에드먼드 교회에는 습지대를 지키듯 첨탑이 우뚝 솟아 있었고, 건물 남쪽에는 벽이 은은한 회색과 짙은 회색으로 된 체크무늬 석영으로 이루어진 독특한 현관이 있었다. 교회는 브랜디시 씨의 선조가 세운 것이었다. 플로렌스는 목사와 상담하는 과정에서 돈 이야기는 나오지 않기를 바랐다. 사실 그녀는 수확제*에 재고 도서 일부를 교회에 헌납했다. 그런데 『나도 숙련공처럼 할 수 있다』 같은 실용서를 비롯해 소설책이나 시집을 땅이나 바다에서 얻는 수확물로 볼 수 있는지 없는지 따져보지는 않았다. 물론 플로렌스로서는 돈을 모으기 위해 목사가 얼마나 많은 시간과 공을 들이는지, 또 목사가 느끼는 부담감이 얼마나 크고 무거운지 충분히 이해하고 있었다.

플로렌스는 잠깐이라도 좋으니 목사와 직접 만나서 이렇게 묻고 싶었다.

'윌리엄 블레이크**는 무언가를 믿을 수 있다면 거기에는 진실이 투영되어 있기 때문이라고 했는데, 맞는 말인가요?

---

* 교회에서 행하는 추수 감사제.

** 영국의 시인, 화가, 판화가. 성경을 애독했지만 교회에 나간 기록은 단 한 번뿐으로, 부패한 종교와 교회를 비판한 것으로 유명하다.

믿을 수 없다면, 그건 어떻게 되는 건가요? 목사님은 래퍼의 존재를 믿으실 수 있나요?'

플로렌스는 성 에드먼드 교회 새벽 예배에 참석했다가 다음 주 꽃꽂이 담당이 자기라는 사실을 알았다. 예배가 끝나고 특이하게 생긴 현관 벽에 나붙은 꽃꽂이 담당 목록을 눈여겨보다 알았던 것이다. 목록에는 드러리 부인에 이어 플로렌스와 손턴 부인과 가맛 부인이 들어 있었다. 가맛 부인은 2주 연속으로 꽃꽂이를 담당하는데 저택에 드넓은 정원이 있어서 그러는 모양이었다.

낡을 대로 낡은 역사와 교회 사이의 집에 사는 기핑 부인은 빨래를 널다가 새벽 예배를 마치고 돌아오는 플로렌스를 보고 잠시 주춤하더니 뒤쪽 부엌으로 오라고 손짓했다. 부인의 남편인 기핑 씨는 채소밭에서 간간이 모습을 드러내며 덜 자란 셀러리를 돌보고 있었다. 제대로 돌보면 크리스마스 시즌이 되기 전에 싱싱한 셀러리를 맛볼 수 있을 터였다.

조금 전 빨래를 끝낸 탓에 부엌 안은 축축하면서도 따뜻한 공기가 맴돌았다. 기핑 부인은 플로렌스를 위로하려고 애썼다. 그녀는 딸 크리스틴에게서 래퍼에 대한 이야기를 들었다며 무슨 일을 하든 장해물 한두 가지는 따라붙기 마련이라고 말했다.

"아직 서점 문을 열기 전이니까 뭐라도 한잔하실래요?"

플로렌스는 만들기 간편해서 최근에 즐겨 마시게 된 네스 카페를 내올 거라고 짐작했다. 하지만 예상과 다르게 기핑 부인은 플로렌스를 커다란 페포호박이 걸린 개수대 근처로 이끌었다. 매끈매끈한 표면에 둥그스름한 모양의 호박 옆구리에는 수도꼭지가 달린 나무관이 꽂혀 있었다. 기핑 부인이 녹색과 노란색이 선명한 데다 굵고 기다란 줄무늬가 박힌 호박의 수도꼭지를 돌렸다. 그러자 탁한 액체가 조금씩 흘러나와 밑에 있는 컵에 똑똑 소리를 내며 떨어졌다. 기핑 부인은 호박을 매단 지 얼마 되지 않았기 때문에 알코올 도수는 그다지 높지 않을 거라고 말했다. 그러고는 덧붙이기를 얼마 전에 체격이 다부진 사내가 와서 4주 가까이 매달아둔 호박 액체를 마시더니 곧바로 돌바닥에 쓰러져 피투성이가 되었다고 했다.

"이거 어떻게 만드는지 알 수 있을까요?"

플로렌스는 친근하게 대하며 상냥하게 말했다. 하지만 기핑 부인은 다른 사람에게 알려줄 생각이 없다고 거절했다. 멋모르고 알려주었다가 마을 부녀회원들이 하나둘씩 모으고 있는 '그리운 옛날 시골 맛'에 쥐도 새도 모르게 추가되기 때문이라고 했다. 부녀회원들에게 크게 덴 적이 있는 것 같았다.

플로렌스는 매일 아침 서점 문을 열 때마다 행운과 적당한 기회가 자신을 둘러싸고 있다는 것을 실감했다. 기핑 씨네 채소밭처럼 말끔히 정돈된 책들은 언제라도 손님을 맞을 준비가 되어 있는 듯 보였다.

점심 무렵 마일로가 찾아왔다.

"『롤리타』를 들여놓을 생각은 해봤어요?"

"아직 결정하지 못했어요. 내용이 어떤지 궁금해서 읽어보려고 한 권만 주문했죠. 미국 신문에 실린 서평을 봤더니 혼란스럽더군요. 서평가 중 한 사람은 이런 작품이 나왔다는 건 출판계와 독자 모두에게 불행이라고 평했던데요. 겉만 번드레하니 화려하기만 할 뿐, 가식적이고 따분한 내용이 혐오스러울 정도라고 했어요. 하지만 그레이엄 그린*은 걸작이라고 평했더라고요."

"제 서평은 참고가 안 된 모양이군요."

"참고가 될 수 있겠어요? 하권을 누구한테 빌려줬는지 잃어버렸는지도 모른다면서요? 끝까지 읽긴 했어요?"

"기억 안 나요. 그나저나 당신은 자신의 판단을 믿는 편인

---

* 영국의 소설가이자 극작가이며 문학 평론가.

가요?”

플로렌스는 잠시 생각에 잠겼다.

“글쎄요, 윤리적인 면에서의 판단은 믿지 않나 싶어요. 그런데 왜 그런 걸 물으세요? 저는 단지 서점을 운영할 뿐이에요. 예술 작품을 이해할 만한 교육은 받지 못했죠. 그래서 소설을 읽어도 작품성이 높은지 어떤지 판단하는 거 자신 없어요.”

“나는 어떤가요? 윤리적으로 판단해서 말입니다.”

“그건 그다지 어려울 것 같지 않네요. 캐티와 결혼한 후에 자기 멋대로 행동하는 이기적인 태도를 버리고 성실하게 일하면 괜찮을 것 같아요.”

플로렌스 말에 마일로는 맥없이 웃었다.

“사람에 대해선 쉽게 말하는데『롤리타』에 대해서는 쉽사리 결정하지 못하는군요. 기핑 씨의 어린 딸이 읽을까 봐 걱정되나요?”

“크리스틴 말인가요? 아뇨, 전혀 그렇지 않아요. 그 아이는 책을 통 안 읽거든요. 서점 측에서 보면 아주 이상적인 직원이죠. 그 아이는 만화잡지 「번티」만 읽는답니다.”

“혹시『롤리타』가 가맛 부부의 심기를 건드릴까 봐 눈치를 보는 거 아닌가요? 바이올렛 씨는 아직 이 서점에 한 번도 안 왔지요?"

마일로는 내친김에 말하겠다며 가맛 장군에게서 들은 이야기를 전했다. 마일로의 차와 장군 차가 플린트마켓 근처 건널목 앞에 나란히 서서 기차가 지나가기를 기다리고 있을 때 장군이 이렇게 말했다는 것이다.

"집사람은 하드버러처럼 활기 없는 작은 마을에서『롤리타』같은 책이 잘 팔릴 거라고는 생각하지 않소."

플로렌스는 그 말을 듣자마자 기분이 나빴다.

"가맛 부인이 어떻게 생각하든 상관없어요.『롤리타』가 좋은 작품이면 우리 서점에 들여놓을 거예요."

"최악의 불상사가 생겨도 돈은 확실하게 벌 수 있을 겁니다."

"돈이 문제가 아니에요."

플로렌스는 단호하게 말했다. 솔직한 심정에서 내뱉은 말이었다. 그녀는 요즘 들어 '최악의 불상사가 생겨도'라는 말을 여러 사람의 입을 통해 들었다. 왜 그런 말을 자주 듣는지 플로렌스는 도무지 알 수 없었다. 며칠 전 습지대를 지나던 레이븐이 녹색의 다육식물을 보이면서 런던에서는 고급 음식 재료로 쓰니까 런던으로 가져가면 아주 비싼 값에 팔 수 있을 거라고 말하고는 이렇게 덧붙였다.

"그린 부인, 장사가 잘되지 않을 때는 이런 것도 도움이 될 거요."

플로렌스는 레이븐의 말을 떠올리며 마일로를 바라보았다.

"아직은 서점 잘 돌아가고 있어요. 『롤리타』에 대한 노스 씨의 조언은 시기를 보아 받아들이는 쪽으로 검토할게요."

마일로는 여전히 불만스러운 표정을 짓고 있었다.

"나도 「번티」 좀 읽어볼까요?"

플로렌스는 그 잡지가 안쪽에 한가득 쌓여 있지만, 크리스틴의 허락 없이는 건드릴 수 없다고 말했다. 그러고는 학교가 끝나는 시각은 오후 3시 25분이라고 덧붙였다.

서점을 연 지 어느새 반년이 지났다. 플로렌스가 계산해 보니 서점에 있는 재고 도서의 금액은 전부 합해 2,500파운드, 미납금은 80파운드, 키블 지점장의 은행 계좌 잔액은 400파운드를 조금 넘는 정도였다. 결국 유동 자산은 3,000파운드도 안 되었다. 플로렌스는 홍차와 비스킷과 훈제 청어 위주로 식사를 해결했고, 광고는 일절 하지 않기로 방침을 정했다. 하지만 목사의 부탁을 끝내 거절할 수 없어서 교구 잡지를 구독하기로 했다. 크리스틴에게 나가는 아르바이트 비용은 여전히 일주일에 12실링 6펜스였고, 방학 중에는

30실링이었다. 초등학교에 보내는 책 이외에는 할인 판매를 하지 않았다. 배달 방법은 뭘러 서점 때와 크게 달랐다. 서점 일이라면 팔 걷고 나서는 월리뿐 아니라 자전거나 자동차를 끌고 오는 손님도 배달 일을 도와주었다.

목요일은 회사원들이 빨리 퇴근하는 날이라서 플로렌스는 서둘러 페리를 타고 레이즈강을 건넜다. 그러고는『한눈에 보는 야생화 도감』30권을 마을 부녀회에 넘겼다. 그 자리에서 플로렌스는 레이븐이 보여준 습지대의 다육식물이 생각나서 단단히 쌓은 책더미의 맨 위에 있는 한 권을 집어 들었다. 하지만 아무리 들추어보아도 도감에는 그런 다육식물이 실려 있지 않았다.

7

마침내 가맛 부인이 올드하우스 서점에 나타났다. 도서 대여를 재개하고 2주일이 지났을 때였다. 그 무렵 가게 안은 전보다 차분해졌는데, 이는 책을 신청하는 사람들이 참고 기다릴 줄 아는 데다 한 해가 거의 끝나가는 시기인 만큼 주변의 가라앉은 분위기도 한몫했기 때문이다.

크리스틴은 도서 대여 절차를 몇 시간 걸리지 않아 훤히 꿰찼다. 게다가 그때까지 알지 못한 회원들, 그러니까 하드 버러 이외의 지역에서 오는 사람들까지 전부 알아두었다. 사람들 저마다의 특징을 간파해 점박이 부인이나 무표정 소령처럼 별명을 붙여놓은 것이다. 레이븐이 소를 구별하기 위해 소 각각의 특징을 살려 별명을 붙인 것과 마찬가지였다. 레이븐은 그렇게 해야 무리에서 벗어난 소를 금방 찾을 수 있다고 말했다.

크리스틴은 또 별명 뒤에 책 제목을 붙여서 누가 어떤 책을 신청했고, 빌려 갔는지 놀라울 정도로 정확히 기억했다. 크리스틴은 손님들을 공평하게 대했다. 그리고 규칙을 엄격하게 적용했다. 도서 대여 업무는 크리스틴이 맡은 이후로 학교에서 돌아오는 시간에 맞추어 진행했는데, 일단 한 회원이 책을 골랐으면 다른 회원이 보는 것조차 절대로 허락하지 않았다.

늦가을 날씨는 은퇴 생활하는 사람들이 활동하기에 좋은 조건이었다. 자동차를 이용해서 오든 걸어서 오든, 또는 할 일 없이 마을을 어슬렁거리다 들르든 서점은 그들에게 기분 전환하기에 최적의 장소였다. 그들은 처음에는 A등급 책을 찾다가 B등급, 심지어 C등급 책마저 아무런 불평 없이 빌려 갔다.

10월 말 어느 날 오후였다. 가맛 부인이 큰길로 통하는 문을 열었다. 해가 서쪽으로 기운 탓에 그림자가 주인보다 먼저 가게 안으로 들어왔다. 부인은 종아리까지 내려오는 낙타모 코트를 걸치고 있었다. 플로렌스는 부인을 본 순간 인생의 위기가 코앞에 닥친 걸 직감했다. 그동안 너무 바쁜 나머지 반년 전 가맛 부인이 올드하우스에서 나가달라고 협박하듯 말한 사실을 거의 잊고 있었다. 어쩌면 그 기억을 떠올리기 싫어서 일부러 바쁘게 지냈을지도 모른다. 하지만 지금 플로렌스는 그 기억으로 머리가 어지러울 지경이었다. 서점은 마치 겉으로 보기에는 휴전 상태인 듯하지만 실제로는 치열하게 싸우는 전장이나 다름없었다. 당연히 이곳의 지휘관은 플로렌스였다. 서점은 플로렌스의 진지였고, 강력한 지원군도 있었다. 크리스틴은 서점에 오자마자 뒤쪽 부엌으로 뛰어가서 서둘러 카디건과 고무장화를 벗었다. 물론 가맛 부인은 가게를 찾아온 손님이므로 일단 정중히 대해야 옳을 것이다. 혹시라도 좋지 않은 감정을 싹 걷어내고 평범한 손님의 마음으로 찾아왔다면 경계할 필요도 없거니와 그래서도 안 되리라. 하지만 가맛 부인은 예술 센터를 들먹이며 플로렌스에게 올드하우스를 비워달라고 요구했고, 플로렌스는 이를 거절했다. 이것만은 분명한 사실이었다. 올드하우스는 여전히 서점으로 버티고 있었고, 가맛 부인은 줄곧 여유와 함께 위엄있는 태도를 보이고 있었다.

도서 대여 코너는 질서를 지키며 책을 둘러보는 회원들로 북적였다. 서점 바깥에도 사람이 많았다. 그 사람들은 금방이라도 들어올 듯 서점 안을 호기심 어린 눈으로 기웃거렸다.

"바빠 보이네요. 나는 신경 쓰지 마세요. 도서 대여업이 잘되는지 구경하러 왔을 뿐이니까요. 어떤 시스템으로 돌아가는지 참고하고 싶거든요. 사실은 나도 예전부터 대여점 같은 걸 운영하고 싶었답니다."

대출 기록과 대출 카드 관리도 크리스틴이 맡고 있었다. 이제 크리스틴은 꼭 필요한 존재였다. 특히 몇몇 사람이 줄지어 서서 순서를 기다릴 때 크리스틴이 없으면 이만저만 곤란한 게 아니었다. 크리스틴은 플로렌스에게 인정받고 있다는 사실에 기뻐하며 옅은 금발 머리를 단정히 빗고 플로렌스와 교대할 준비를 마친 뒤 저녁까지 양을 지키는 목양견 역할을 충실하게 수행하기 위해 열의에 찬 얼굴로 부엌에서 뛰쳐나와서는 분홍색 대출 카드를 재빨리 뒤적이기 시작했다.

"잠깐만 기다리세요, 키블 부인. 신청한 순서대로 처리해야 하니까요."

가맛 부인이 처음 방문했는데 혼자서 돌아다니도록 내버려두면 안 될 것 같았다. 플로렌스는 부인을 안내하며 도서 대여 시스템에 대해 설명하기로 마음먹고 계산대에서 나왔다. 그런데 그때 무언가가 플로렌스의 팔을 거칠게 낚아챘고, 뾰족한 것이 그녀의 등을 살짝 찔렀다.

돌아보니 그것은 캔버스 모서리였다. 그리고 플로렌스의 팔을 거칠게 낚아챈 것은 웬 남자였다.

남자는 다급한 손놀림으로 플로렌스를 뒤쪽으로 잡아당겼다. 코듀로이 재킷 차림으로, 젊다고 하기에는 어딘가 모르게 나이 들어 보이는 남자는 시종 두꺼비 같은 웃음을 지었다. 두꺼비가 실제로 그렇게 웃는지는 모르겠지만, 어쨌든 남자의 미소는 너무 억지스러워 보였다. 남자는 한 손에 커다란 캔버스를 들고 있었다. 옆구리에도 작은 캔버스 몇 개가 끼워져 있었다.

"제 편지 받아보셨지요? 수채화를 그리는 시어도어 길입니다. 처음 뵙겠습니다. 개인전 관련 상담을 하고 싶어 작품을 몇 점 가지고 왔습니다. 잘 그리지는 못했습니다만……, 이 그림들이 제가 그린 작품입니다."

"아직 답변을 드리지 않은 걸로 기억하는데요."

언제 가져다 놓았는지 그림 액자와 스케치 작품이 플로렌스의 눈에 들어왔다. 짧은 시간에 그것들을 어떻게 서점 안에 들여놓을 수 있는지 의문스러웠다.

"하지만 침묵은 승낙의 표시라고 하잖습니까? 그런데 생각보다 공간이 넓지 않아 보이네요. 친구에게 부탁해 칸막이를 몇 개 만들든지 해서 저 나름대로 공간을 마련하겠습니다. 그 친구도 수채화를 그리는데 꽤 유명하지요."

"설마 친구분도 이곳에서 개인전을 열려는 건 아니죠?"

"아, 그건……. 눈치가 빠르시군요. 그건 다음에 말씀 나누기로 하죠".

"길 씨, 지금 당신과 개인전 이야기를 나눌 시간 없어요. 저희 서점은 모든 고객을 환영하지만, 늘 이렇게 바빠서 다른 걸 생각할 수 없습니다. 저희 올드하우스 서점을 둘러보셨으니 충분히 아셨겠지만, 길 씨의 개인전이든 다른 사람의 개인전이든 열 만한 공간이 없어요."

"부인께서도 아시잖습니까? 하드버러 광장에서 바라본 레이즈강 건너편의 일몰이 얼마나 아름다운지 말입니다. 우리 고장이 자랑할 만한 절경 아닙니까? 저기, 서쪽을 바라보십시오. 대지가 휘황찬란하게 빛나고 있잖습니까?"

시어도어 길은 숨 한번 쉬지 않고 정치가가 연설하듯 외쳤다.

플로렌스는 끈질기게 달라붙는 시어도어 길을 어떻게 상대해야 할지 난감했다. 그런데 서점 안쪽에서 웅성거리는 소리가 점차 크게 들리는가 싶더니 어느 순간 비명 비슷한 소리를 들은 것 같았다. 플로렌스는 일몰 그림을 벽에 걸려는 시어도어 길을 막으려고 그에게 달려들었다가 줄을 선 사람들이 흩어지는 광경을 목격했다. 울그락불그락한 얼굴로 한 손을 다른 손으로 감싼 채 아무 말도 하지 않고 부랴부랴 서점을 빠져나가는 가맛 부인도 보였다.

"크리스틴, 왜 그래? 무슨 일이냐고?"

크리스틴이 다가오자 플로렌스가 다그쳐 물었다. 크리스틴의 얼굴은 가맛 부인보다 더 붉게 물들어 있었다. 여윈 뺨을 타고 한줄기 눈물이 흘러내렸다.

"스테드에서 사는 가맛 부인 있잖아요. 그 사람이 새치기를 하려고 했어요. 게다가 다른 사람 책을 함부로 집어서 들춰도 봤고요. 마치 자기 책인 것처럼요. 그것도 모자라 분홍색 대출 카드를 마구 흩트려놨어요!"

"그래서 어떻게 했는데?"

"규칙대로 했죠. 가맛 부인의 손가락 관절을 이걸로 냅다 때렸어요."

크리스틴은 학교에서 쓰는 도널드 덕이 그려진 기다란 자를 들고 있었다. 플로렌스가 잔뜩 화가 난 크리스틴을 달래며 누가 잘못했고 잘했는지 따지는 동안, 시어도어 길은 벽에 스케치 몇 점을 더 거는 데 성공했다.

조금 전 소동을 지켜본 손님들은 큰 소리로 한마디씩 떠들었다. 한 손님이 열 살 아이가 무엇을 안다고 도서 대여 일 같은 걸 맡겼느냐고 비난하자, 여기저기서 그 말에 동조하는 목소리가 터져 나왔다. 아이에게 너무 많은 일을 맡겼다, 아이가 우는 모습 좀 보라는 소리도 들렸다. 감히 가맛 부인에게 폭력을 행사했다며 비난하는 사람도 있었다. 그런데 한 손님이 계산도 하지 않은 채 그림 카드와 봉투를 가지고 나가려고 했다.

"아무리 불러도 계산해줄 생각이 없어 보여서 그랬어요."

플로렌스는 손님의 변명을 듣는 둥 마는 둥 하고 6실링 3파딩을 달라고 해서 금전등록기 서랍에 넣었다. 결과적으로 그것이 그날 오후 매출액의 전부였다.

플로렌스가 곧바로 서점을 뛰쳐나가서 가맛 부인에게 사과했다면 사태는 원만하게 해결되었을 수도 있었다. 하지만 플로렌스는 그보다 먼저 크리스틴을 위로해야 한다고 판단했다. 손님 말대로 그녀는 어린 크리스틴에게 너무 많은 일을 맡겼다고 생각했다. 무엇이든 지나치면 독이 되는 법, 하지만 그 독을 없애는 방법이 있었다. 바로 크리스틴에게 더 많은 일과 권한을 주는 것이었다.

"이제 그 일은 그만 생각하자."

"하지만 책을 빌리지도 않고 대출 카드만 가져간 사람도 있어요."

크리스틴이 울먹이며 말했다. 크리스틴은 대여 시스템이 무너졌다며 슬퍼했다.

"크리스틴, 브런디시 씨에게 전해드릴 책이 있어. 틀림없이 책이 오기를 기다리고 계실 거야. 오늘 네가 직접 가져다드릴 수 있겠니?"

크리스틴은 곧바로 카디건과 두꺼운 재킷을 걸쳤다.

"늘 두던 곳에 놓고 올게요. 우유병 옆이죠? 그런데 저 구닥다리 그림들은 어떡할 거예요?"

조금 전 시어도어 길은 홍차를 마실 만한 곳을 찾겠다며 서점에서 나갔다. 가장 가까운 찻집은 '페리 카페'일 테지만 10월이라 영업하지 않을 가능성이 컸다. 시어도어 길은 지금껏 실망의 연속인 삶을 살아온 것 같았다. 안타깝지만 이번에도 실망하게 될 터였다. 플로렌스는 시간을 내어 시어도어 길을 설득해야 하는 등 할 일이 많았다. 하지만 그 무엇보다 크리스틴의 심부름이 허사가 되지 않도록 신경 쓰는 일이 중요했다.

"잠깐만! 편지도 함께 전해줄래? 브런디시 씨에게 드릴 편지야. 금방 쓸 테니까 조금만 기다려."

플로렌스는 아침에 집배원을 통해 받은 『롤리타』 견본 포장지를 벗기고 은색 인장이 찍힌 검은 표지를 내려다보았다.

존경하는 브런디시 씨께

맨 처음 서점을 열 때 보내주신 편지를 통해 저는 큰 용기를 얻었습니다. 외람되지만 브런디시 씨께 조언을 구하고 싶습니다. 댁을 비롯한 가족분들은 이곳 하드버러에서 그 누구보다 오랫동안 사셨으므로 도움이 될 줄 믿습니다. 크리스틴 기핑이 이 편지와 함께 전해드리는 블라디미르 나보코프라는 작가의 『롤리타』란 소설을 들어보신 적이 있는지요? 겉만 번드레할 뿐, 가식적이고 따분한 내용이라고 평한 평론가가 있는가 하면, 걸작이라고 칭송한 평론가도 있더군요. 뻔뻔한 부탁일 수 있습니다만, 이 책을 읽어보시고 제가 출판사에 발주해 고객들에게 추천해도 좋은지 의견을 여쭙고 싶습니다.

플로렌스 그린 올림

"답장도 받아올까요?"

크리스틴이 고개를 갸우뚱거리며 물었다.

"오늘은 답장을 쓰시기 힘들 거야. 이틀이나 사흘, 길게 잡아 일주일쯤 지나면 답장을 주시겠지."

도서 대여는 그다음 주에도 끊기지 않고 규칙에 따라 죽 이어졌다. 시어도어 길은 자작 수채화를 꽤 많이 가지고 있 는 듯했지만 잘 달래서 서점 안에서의 전시를 막았다. 플로 렌스의 대담한 작전이 성공한 셈이었다. 서점 옆의 로다 양 장점은 오래되지도 않은 데다 조약돌을 섞은 모르타르를 외 벽에 바르고 창가를 연보라색으로 칠한 조금은 독특한 건물 이었다. 하지만 양장점 안에는 조명 시설이 완벽하게 갖추 어진 근사한 쇼룸이 있었다.

"벽이 깔끔해서 좋긴 한데 아무것도 걸려 있지 않아 좀 휑 한 느낌이 드네요. 그림 같은 거라도 걸어놓으면 좀 더 분위 기 있어 보이지 않을까요?"

플로렌스는 제시 웰포드의 마음을 은근슬쩍 떠보았다.

"상설전을 열어도 좋겠는걸요."

시어도어 길이 옆으로 다가와 플로렌스를 거들었다. 늘 그렇듯 그는 고개를 이리저리 돌리며 어슬렁거렸다. 플로렌 스는 시어도어 길이 옆에 있으면 불안했다. 잘 마무리될 일 도 어그러질 것 같아서였다.

"아뇨. 하루나 이틀 정도 수채화 몇 점만 걸어놔 보는 게 좋을 것 같아요. 아무래도 저기 '침묵에 잠긴 추억 속의 달력'을 중심으로 좌우에 한두 점 걸어놓는 게 좋을 듯싶네요."

플로렌스는 진지하게 말했다. 그 달력은 플로렌스가 제시에게 원가에 판매한 것이었다.

제시 웰포드는 플로렌스에게 대답하지 않고 화가 쪽으로 몸을 돌렸다.

"벽에 뭔가를 걸어야겠다는 생각은 한 번도 해보지 않았는데, 제 도움이 필요하시다면 기꺼이 도와드릴게요."

시어도어 길은 그날 저녁까지 못을 박거나 망치로 벽을 탕탕 두드려 댔다. 그 소음은 폴터가이스트의 소동에 버금갈 정도로 신경에 거슬렸다. 제시가 붙임성 있게 웃는 소리도 들렸다. 양장점 창문에는 개인전을 연다는 광고문이 붙어 있었다.

"이제껏 아는 사람 중에 화가는 한 사람도 없었는데, 살다 보면 이런 일도 있나 보네요."

제시가 웃으면서 말했다.

플로렌스는 브런디시 씨가 어떤 식으로 답장을 보낼지 한 번도 생각해보지 않았다. 당연히 크리스틴의 어머니를 통해 답장이 올 줄은 꿈에서도 생각하지 못한 일이었다. 양장점 소음에 시달리고 난 다음 날 플로렌스는 식료품점 앞에서 크리스틴의 어머니 기핑 부인과 마주쳤다. 기핑 부인은 주위를 살피더니 케이크에 쓸 과일 1파운드를 사러 왔다고 재빨리 말했다. 브런디시 씨가 일요일에 케이크를 만들어 가져다달라고 부탁했다는 것이다.

"간단하게 말씀드릴게요. 일요일에 댁을 자택에 초대해 함께 차를 마실 거라고 하셨어요."

기핑 부인은 그렇게 덧붙였다.

브런디시 씨는 자신의 사생활을 지키기 위해 크리스틴의 어머니에게 그 말을 전해달라고 부탁한 모양이었다. 하지만 결과적으로 하드버러에 사는 모든 사람이 그 사실을 알게 되었다. 홀트하우스에 여자를 들이다니! 청천벽력과도 같은 소식에 사람들은 놀라서 입을 다물 줄 몰랐다. 이따금 케임브리지나 런던에서 찾아오는 브런디시 씨의 수상쩍은 옛 친구들을 제외하고 홀트하우스에 초대받은 사람은 여태까지 단 한 명도 없었다. 이런 사정을 감안하면 크리스틴의 어머니가 그 초대 건을 극소수의 사람에게만 말한 걸 아깝게 생각할 만도 했다.

플로렌스는 브런디시 씨의 초대에 자기가 응할 경우 홀트하우스에 초대받은 적이 한 번도 없는 가맛 부인이 분노한 나머지 미칠지도 모른다고 생각했다. 하지만 그것은 플로렌스 혼자만의 생각일 뿐, 그렇지 않을 수도 있었다. '그런 생각 또한 지나친 자만에서 비롯된 게 아닐까? 내가 어디를 가든 아무런 문제가 없을 거야.' 그러나 본능은, 그것도 서점을 운영하는 사람이 지닌 본능은 문제가 있다고 말하고 있었다. 플로렌스는 주저할 수밖에 없었다. 그런데 독특한 필체로 쓴, 월리가 가져온 브런디시 씨의 답장에는 영광으로 여기겠다느니, 댁의 편의를 위해서라는 말과 함께 정확히 일요일 저녁 5시 15분까지 저택으로 와주었으면 한다는 말이 적혀 있었다. 플로렌스는 그 답장을 읽고 홀트하우스를 방문하기로 마음먹었다. 답장에는 이런 글도 쓰여 있었다.

'부탁하신 건에 대해 숙고해보았습니다. 제 답변에 만족하셨기를 바라 마지않습니다.'

*

11월 초순은 바람 한 점 불지 않는, 일 년 중 아주 특이한 시기였다. 일요일 저녁 강어귀의 계류장 근처 뱃짐을 싣고 내리는 곳에서 커다란 모닥불이 피어올랐다. 모닥불 주위에는 땔감이 산더미처럼 쌓여 있었다. 이는 며칠 전부터 준비해 마을 주민 전체가 참여하는 행사로, 아이가 있는 어른들은 이 기회에 자식에게 덕담이나 조언을 한마디씩 하려고 벼르고 있었다. 작년에 경유로 불을 붙였다가 눈썹을 태운 남자가 있었는데, 그는 여태껏 눈썹이 나지 않는다고 농담하듯 투덜거렸다. 이번에도 변함없이 작은 나뭇가지에 경유를 뿌리고 불을 붙였다. 나뭇가지는 주민들이 바닷가에서 주워온 것이라 소금기가 배어 있었다. 하지만 모닥불은 탁탁 불꽃 튀는 소리를 내며 잘도 타올랐다. 그 소리에 놀랐는지 수달과 물가에 사는 설치류들이 제방 너머로 후다닥 도망쳤다.

광장 쪽에서 아이들이 몰려왔다. 어른들은 아이들에게 주려고 모닥불에 넣어둔 감자를 꺼냈다. 하나같이 겉이 시커멓게 탄 데다 경유 냄새가 풀풀 풍겼다. 모닥불이 파란 불꽃을 피우며 활활 타오르면서 동굴 속 같은 주위를 환하게 밝혔다. 행사를 주최한 사람들이 모닥불에서 물러나 주민들을 향해 저마다 덕담을 한마디씩 던졌다. 오늘 일어난 일에 대해 살짝 언급하는 사람도 있었다. 학교 행사가 아닌데도 불 당번을 맡겠다며 팔 걷고 나선 공업학교 교장과 초등학교 트레일 교장, 시종 께름칙한 표정을 짓고 있는 데븐 부인까지도 일요일에 플로렌스가 어디로 차를 마시러 가는지 알고 있었다.

*

플로렌스는 홀트하우스에 어떻게 들어가야 하는지 방법을 몰랐다. 외출복으로 갈아입고 길을 나서면서 그녀는 쇠줄을 당겨 울리는 초인종이 현관문 오른쪽에 걸려 있을 거라고 짐작했다. 실제로 몇 번 본 적도 있었다. 언뜻 장식품처럼 매달아 놓은 것 같은 두꺼운 쇠줄은 방문객이 힘껏 잡아당긴 바람에 그렇게 되었는지 중간에서 끊어진 듯 보였다. 실제로 그렇다면 또 끊어질 수 있다는 생각이 들었다.

그런데 다행스럽게도 플로렌스가 도착해서 보니 현관문은 잠겨 있지 않았다. 문을 열자 둥그런 천장에서 빛이 은은하게 내리비치는 3층의 거대한 홀이 나타났다. 붉은색 바탕에 그보다 더 붉은빛을 띤 갖가지 무늬가 박힌 벽에는 베네치아풍의 커다란 거울이 걸려 있었다. 거울은 오랫동안 닦지 않은 듯 더러워 보였는데, 천장에서 내리비치는 빛을 희미하게 되쏘고 있었다.

또 하나의 문을 열고 한 걸음 들어서자 폭스테리어 동상이 플로렌스를 반겼다. 그것은 실물보다 조금 더 컸는데, 가죽으로 된 목줄을 입에 물고 앉아 있는 모습이 금방이라도 벌떡 일어나 산책하러 나가자고 조를 것만 같았다. 고풍스러운 서랍장 위에는 도자기와 동그란 실타래와 누렇게 색이 바랜 명함이 든 우묵한 그릇이 놓여 있었다. 강렬한 장뇌 냄새는 아무래도 왼쪽 벽의 붙박이장에서 풍기는 것 같았다.

"전에는 거기에 크로케 도구를 넣어두었지요. 요즘에는 크로케를 하는 경우가 별로 없는 것 같습니다."

어슴푸레한 어둠 속에서 남자의 목소리가 들려왔다. 브런디시 씨였다. 그는 날카로운 눈으로 현관홀을 둘러보았다. 마치 자기 영지임에도 좀처럼 방문하지 않다가 변경에 나타나 우두커니 서 있는 영주를 바라보는 것 같았다. 그는 짧은 목 위에 올려놓은 것 같은 머리를 천천히 움직여 수상쩍은 게 없는지 살피는 듯 양옆을 돌아보았다. 희미한 어둠 속에서 눈에 잘 들어오는 것은 흰 셔츠뿐이었다. 셔츠는 깨끗했는데, 칼라는 거무칙칙한 얼굴이 여차하면 파고들어 갈 구멍 입구처럼 보였다. 이윽고 브런디시 씨의 검은 눈동자가 안절부절못하는 플로렌스에게 향했다.

"자, 다이닝룸으로 가시지요."

현관홀을 지나자 곧바로 다이닝룸이 나왔다. 정원이 내다 보이는 프랑스식 창문은 굳게 닫혀 있었고, 11월의 이슬과 습기에 젖은 채 무겁게 매달린 너도밤나무 잎들은 산울타리 너머의 풍경을 가로막고 있었다. 마호가니 테이블은 다이닝 룸의 양 끝에 닿을 정도로 길었다. 기다란 테이블에서 홀로 식사하는 브런디시 씨의 모습을 떠올리자 플로렌스는 마음이 아팠다. 플로렌스를 위해 신경을 쓴 듯 테이블에는 파란색과 흰색의 고급스러운 도자기 그릇이 죽 놓여 있었다. 마치 최고 제품만 진열하는 특별 전시장의 상품 같았다. 그릇과 그릇 사이에는 과일 케이크와 우유가 든 병과 캔에 든 분홍빛 햄이 놓여 있었다.

"식탁보를 깔아야겠군요."

브런디시 씨가 마로 짠 빳빳한 식탁보를 서랍에서 꺼내고는 테이블 위의 그릇을 전부 치우려고 했다. 플로렌스는 그러지 말라는 뜻으로 앞에 있는 의자에 앉았다. 그러자 브런디시 씨도 식탁보를 치우고는 윙체어에 깊숙이 앉아서 털이 부숭부숭한 손으로 앞에 놓인 접시를 집어 좌우 양쪽에 놓았다. 가까이 앉아서 보니 브런디시 씨는 사람들 앞에 나설 때의 화려한 복장이 아니었다. 그러기는커녕 수수했다. 하지만 한눈에도 위엄 있어 보였다. 그는 겸허한 자세로 앉아 플로렌스가 차를 따르는 역할을 맡아주기를 기다렸다. 은제

찻주전자는 교회에서 쓰는 소형 세례반* 정도의 크기로, 무
거워서 들기도 쉽지 않았는데 찻물까지 식을 대로 식어 있
었다. 주전자 옆구리에는 브런디시 가문의 문장이 새겨져
있었고, 그 아래에는 이런 문구가 적혀 있었다.

'한 가지 일에 성공하지 못하면 모든 일에 실패하게 된
다.'

테이블에는 나이프만 놓여 있을 뿐 포크가 없었다. 그래
서 브런디시 씨는 케이크나 햄을 먹으라고 권하지 않았는
데, 플로렌스는 이를 다행으로 여겼다. 그녀는 차갑게 식은
홍차도 마시지 않았다. 브런디시 씨도 홍차를 입에 대지 않
았다. 플로렌스는 브런디시 씨가 세 끼 식사를 제대로 챙겨
먹는지 궁금했다. 그는 플로렌스를 환대하고 싶지만 자신을
경원시하는 사람들 태도에 익숙해져서인지 어떻게 처신해
야 할지 몰라 고민하는 것 같았다. 플로렌스는 브런디시 씨
같은 사람 앞에 앉아 있는 것도 특이한 경험이라고 생각했
다. 어색한 침묵이 계속 이어졌다. 하지만 브런디시 씨는 침
묵에 익숙할 대로 익숙한 듯 조금도 개의치 않는 표정이었
다. 그런데 먼저 침묵을 깬 쪽은 브런디시 씨였다.

---

* 세례용 물을 담은 주발.

"편지로 저한테 부탁하신 걸로 압니다만."

"네, 신간 소설에 대한 의견을 여쭤보고 싶었습니다."

"그런 의견을 저한테 구하신다니, 영광입니다."

브런디시 씨는 사뭇 진지한 어조로 계속 말했다.

"부인께서는 제가 아주 공정한 의견을 내놓을 줄로 믿으시는 것 같더군요. 그리고 저를 독할 정도로 고독한 사람이라고 생각하시는 것 같고요. 죄송하지만 저는 그런 사람이 아닙니다. 제가 고독한 사람이라면, 고독한 탓에 스스로를 상처 입히는 행위를 하는지 어떤지 확인하는 흥미로운 실험 대상이 되었겠지요. 어렸을 때는 저도 그런 문제에 관심을 가졌던 듯합니다. 하지만 방금 말씀드렸듯 저는 절대로 고독한 사람이 아닙니다. 아내를 먼저 떠나보내긴 했어도 형 하나, 남동생 하나, 여동생 하나, 이렇게 형제가 셋이나 있지요. 그리고 제 또래든 저보다 젊든 꽤 많은 일가친척이 전 세계에 퍼져 있습니다. 물론 저는 친척들과 연락하며 지내지 않지요. 보통 성가신 게 아니거든요. 그나저나 홍차가 좀 미지근하지 않나요?"

브런디시 씨가 홍차를 가리키며 묻자 플로렌스는 어쩔 수 없이 한 모금 마셨다.

"손주들을 못 보셔서 아쉽겠어요."

플로렌스 말에 브런디시 씨는 잠시 생각에 잠기더니 이렇게 물었다.

"제가 과연 아이들을 좋아할까요?"

플로렌스는 브런디시 씨가 평소 사람들과 대화하지 않기 때문에 경직된 질문을 하는 거라고 생각했다. 사람들에게 먼저 말을 거는 경우도 거의 없으므로 평범하게 질문하는 걸 모르는 모양이었다.

"글쎄요, 별로 좋아하실 것 같지 않네요. 저는 아이들을 좋아하지만요."

플로렌스는 일부러 심드렁하게 말했다.

"기핑의 딸 하나, 셋째라는 것 같은데 아무튼 그 아이가 댁의 서점에서 일하고 있다고 들었습니다. 기핑의 아이가 유일한 직원이겠군요."

"회계를 맡아주는 사람이 가끔 와요. 변호사도 있고요."

"변호사라면 토머스 손턴이겠군요. 크게 도움될 만한 사내는 아닙니다. 사무 변호사 경력이 25년이나 된다지만, 담당 안건을 가지고 상대방 변호사와 협의를 잘한다든지 법정에서 제대로 다투었다는 말은 들어본 적 없어요. 늘 얼렁뚱땅 좋게 좋게 마무리 짓는다고 합디다. 그런 게 변호사가 할 일인가요?"

"소송 문제로 힘들어본 적은 없어요. 앞으로도 그랬으면 좋겠고요. 제가 여쭤보고 싶은 건 그런 문제와 상관없습니다."

"한마디만 더 합시다. 손턴은 어떤 상황에서도 부인 편에 서지 않을 겁니다. 그 집에 유령이 있다고 한들 눈 하나 깜짝하지 않을 사람이란 말입니다. 아 참, 손을 씻고 싶으면 현관 홀 오른쪽에 세면대가 몇 개 설치된 세면장이 있으니까 거기에 가서 씻으세요. 제 아버지 때는 사냥을 마치고 돌아와 연회를 열곤 했는데, 거기를 자주 이용했습니다."

플로렌스는 몸을 앞으로 내밀었다.

"브런디시 씨, 서점 운영을 하려면 어느 정도 책임감이 있어야 한다고 생각합니다."

"당연히 책임감이 있어야겠지요. 하지만 모든 사람이 그럴 필요를 인정하지 않을 겁니다. 오히려 서점 운영하는 데 책임감 따위 왜 필요하냐는 사람도 있겠지요. 말하자면 바이올렛 가맛 같은 사람이 그렇습니다. 그 사람은 올드하우스를 다른 용도로 쓸 계획이었나 봅니다. 듣자 하니 최근에 그 사람이 모욕적인 일을 당했다고 하던데요."

"우연히 일어난 사고라는 건 가맛 부인도 잘 아실 거예요."

왠지 모르게 홀트하우스 내에서는 거짓말을 해서는 안 될 것 같은 느낌이 들었다. 하지만 플로렌스는 내친김에 마무리를 짓기로 했다.

"이러쿵저러쿵 말이 많다는 거 저도 알아요. 하지만 다 저를 위해서 그러는 거겠죠."

"댁을 위해서라고요? 그런 생각하지 마세요!"

브런디시 씨는 묵직한 티스푼으로 테이블을 탁 소리 나게 내리쳤다.

"가맛 부인은 거기에다 예술 센터를 열고 싶어 하더군요. 대체 예술에 무슨 센터가 필요한지 모르겠지만, 한 가지는 분명합니다. 그 여자는 댁을 내쫓을 생각을 하고 있어요."

"그분이 그렇게 생각해도 제가 당장 피해를 입는 건 없습니다."

"댁은 압력과 권력을 혼동하고 있군요. 가맛 부인은 탄탄한 연줄에 유력한 인물을 많이 알고 있는 권력자입니다. 자, 이 말을 들으니까 경계해야겠다는 마음이 조금은 들지 않나요?"

"아니, 전혀요."

브런디시 씨는 상대방을 빤히 바라보는 행위가 얼마나 무례한 짓인지 모르는 모양이었다. 어쩌면 그는 예절다운 예절을 배우지 않았을 수도 있었다. 브런디시 씨는 플로렌스가 자기 눈앞에 앉아 있는 사실을 믿을 수 없다는 듯 계속해서 그녀를 뚫어져라 바라보았다. 플로렌스는 그 시선에 조금은 위로받는 기분이 들었다.

"본래의 질문으로 돌아가도 될까요?『롤리타』를 250부쯤 발주할 생각이에요. 아주 위험한 도박일 수 있겠지만, 제가 질문드리는 건 돈과 관련된 비즈니스적인 부분이 아닙니다. 발주하기 전에 제대로 짚어보고 싶은 건 그 책이 좋은 작품인지 아닌지 여부와 함께 하드버러 사람들에게 잘 읽힐지 어떨지입니다."

"굳이 말하자면, 저는 옳고 그름에 댁만큼 중요한 가치를 두고 있지 않아요. 물론『롤리타』는 읽었습니다. 좋은 작품이더군요. 하드버러 사람들에게 팔아도 될 겁니다. 작품을 충분히 이해할 사람은 많지 않겠지만, 그래도 상관없어요. 모든 걸 이해하면 정신이 나태해지기 마련입니다."

플로렌스는 브런디시 씨가 독자적으로 낸 결론을 듣고 안도의 한숨을 내쉬었다. 그녀는 뭐라도 행동으로 보여주어야겠다는 생각에서 테이블에 있는 나이프를 꽉 쥐고 과일 케이크를 두 조각으로 자른 뒤 한쪽을 브런디시 씨의 접시 쪽으로 내밀었다. 브런디시 씨는 생각에 잠긴 표정으로 케이크 조각을 바라보다가 섬세한 손동작으로 받아서 자기 접시에 올렸다. 그는 케이크를 한 입 먹으려다가 한 가지 생각을 떠올렸다. 지금까지의 이야기에서 벗어나 왜 플로렌스를 저택에 초대했는지 밝혀야 할 것 같았다.

"제 의견은 지금까지 들으신 그대로입니다. 그런데 댁은 이런 일을 여자보다는 남자가 더 잘 판단하리라고 생각하셨나요?"

이 질문으로 두 사람의 대화는 그때까지와 전혀 다른 방향으로 흘러갔다. 실내의 공기 흐름마저 방향이 바뀐 것 같았다. 브런디시 씨는 그런 질문을 던져놓고도 아무렇지 않은 표정을 짓고 있었다. 아니, 하고 싶은 질문을 해서 후련한 표정이었다.

"남자가 여자보다 판단력이 좋은지 어떤지는 모르겠어요. 하지만 자신이 내린 판단에 대해 후회하는 건 남자 쪽이 적은 듯합니다."

"저는 스스로 뭔가를 결정할 때 시간을 충분히 들이는 편입니다. 하지만 그렇다고 결론에 다다르는 과정이 힘들었던 적은 한 번도 없습니다. 제가 인간이 가지고 있는 것 중에 무얼 존경하는지 말씀드리지요. 신이나 동물도 가지고 있겠지만, 저는 무엇보다 인간이 지닌 미덕, 굳이 미덕이라고 부를 필요도 없겠으나 아무튼 지고의 가치를 높게 평가합니다. 그것은 바로 용기이지요. 그린 부인, 댁은 용기가 아주 대단한 사람입니다."

플로렌스는 오후의 누그러진 햇빛 가운데 앉아 홍차가 묻은 잔과 먹다 남은 케이크가 담긴 접시를 바라보면서 고독한 영혼이 또 다른 고독한 영혼에게 말하는 이 시간과 브런디시 씨의 한마디 한마디가 가슴에 묘한 울림으로 다가오는 것을 생생하게 느꼈다. 브런디시 씨의 말은 그의 입에서 천천히 흘러나와 플로렌스에게 대답할 틈을 주듯 느릿느릿, 그리고 드문드문 이어졌다. 플로렌스는 자신의 생각과 이런저런 추측을 구체적인 말로 나타내기 위해 고민했다. 그러는 사이 브런디시 씨는 한숨을 깊이 내쉬었다. 플로렌스는 자기를 직접 만나 보니 모든 면에서 기대했던 것과 다르다고 브런디시 씨가 느낄지도 모른다고 생각했다. 플로렌스에게 고정되어 있던 그의 시선이 조금씩 앞에 놓인 접시 쪽으로 옮겨갔다. 플로렌스가 보기에 그는 계속해서 대화하고 싶은 것 같았다.

"이 케이크, 제 여동생에게는 독이 될 겁니다."

플로렌스는 그만 자리에서 일어나야겠다고 생각했다. 그녀는 용기를 내어 뒷정리를 돕겠다고 말하려다가 작별 인사로 대신했다. 브런디시 씨가 현관홀까지 그녀를 배웅했다. 주위는 이미 캄캄했다. 플로렌스는 브런디시 씨가 어두운 방에서 그대로 있을지 불을 켜고 있을지 궁금했다.

브런디시 씨는 서점이 잘되기를 바란다고 말했다.

"구태여 걱정 속에 파묻힐 필요는 없다고 생각해요. 살아 있는 한 희망은 있으니까요."

"정말 무서운 사고방식이군요."

브런디시 씨가 들릴락말락 나지막이 속삭였다.

*

플로렌스는 영국국유철도의 열차가 하드버러에서 40킬로미터쯤 떨어진 플린트마켓 역으로 『롤리타』를 싣고 왔다는 연락을 받았다. 역에서 책을 실은 밴이 하드버러에 도착하자 마을 사람들이 환성을 질렀다. 무엇이든 새로운 것이 하드버러에 들어오면 사람들은 무턱대고 호기심을 보였다. 밴은 마을을 돌며 주점이나 가게 앞에 짐을 부렸고, 레이븐은 휘발유를 아끼기 위해 자기 차를 세워놓고 습지대 안쪽까지 밴을 얻어타고 갔다.

크리스틴은 높이 쌓인 책을 보고 놀란 나머지 공포스러운 표정을 지었다. 그때까지 하나의 단행본으로 그렇게 많은 부수를 팔아본 적은 없었다. 『경주용 소형범선 만들기』라는 책이 인기를 끌었는데, 그래봐야 몇 권 파는 정도에서 그쳤다. 아무튼 이번에 받은 책은 400페이지도 넘는 분량이었다. 크리스틴은 손가락으로 책의 두께를 재보고는 우직하면서도 대담한 고용주인 플로렌스를 더 존경하기로 마음먹었다.

플로렌스는 이미 유명할 대로 유명한 책이라면서 이렇게 말했다.

"웬만한 사람은 이 책에 대한 소문을 들었을 거야. 하드버러에 이 책을 들여놨다고는 그 누구도 생각하지 못할걸."

"250부나 들여놨다고는 그 누구도 생각하지 못하겠죠. 정말 머리가 어떻게 된 거 아녜요?"

크리스틴이 물었다.

플로렌스는 평소보다 빨리 서점 문을 닫고 창문 쪽 책 진열을 바꾸기로 했다. 이윽고 플로렌스와 크리스틴은 셔터를 내리고 그 안쪽에서 『롤리타』를 식료품점의 통조림처럼 피라미드 모양으로 쌓았다. 그러고는 그런대로 잘 나가는 책은 사전류 쪽으로 옮겨놓고, 그림이 잔뜩 실린 잡지와 얇은 책은 홀대하듯 한쪽으로 밀쳐두었다.

"금전등록기에 들어 있는 이 돈 뭐예요? 잔돈이 거의 50 파운드나 되는데 어디에 쓰려는 거죠?"

크리스틴이 물었다.

잔돈은 플로렌스가 직접 은행에 가서 바꾸어온 것이었다. 거슬러줄 잔돈이 평소보다 훨씬 많이 필요할 거라고 확신했기 때문이다. 50파운드를 잔돈으로 바꾸어달라고 하자 은행 창구 직원은 얼빠진 표정으로 한참 동안 플로렌스를 올려다보았다. 그 직원은 플로렌스가 은행 문을 나서자마자 키블 지점장에게 달려가서 방금 나간 여자에 대해 어떻게 생각하냐고 물을 게 뻔했다.

8

1959년 12월 4일

친애하는 그린 부인께

스레드에 거주하는 바이올렛 가맛 부인의 법정 대리인을 맡은 존 드러리 법률 사무소에서 보낸 서신이 도착했습니다. 내용은 다음과 같습니다.

'올드하우스 서점의 창 쪽에 진열된 지극히 바람직하지 않은 내용의 책이 현재의 고객 및 앞으로 고객이 될 가능성이 있는 사람들의 이목을 끌고 있는 관계로 교통량의 증가뿐 아니라 쓸데없이 소요되는 시간이 많아 통행에 상당한 불편을 초래하고 있습니다. 당 사무소의 의뢰인은 지역의 치안 판사직을 수행하는 한편, 다수의 위원회(동봉한 명단 목록 참고 바람) 의장을 맡아 눈코 뜰 새 없이 바쁜 만큼 쇼핑을 빨리 끝내야 할 필요가 있으나 서점의 인파로 인한 도로 혼잡으로 막대한 피해를 입고 있는 바, 소송을 통해 이를 입증하고자 합니다. 여기에 덧붙여 올드하우스 서점에서 도서 대여 업무를 병행하는 데 따른 이용객들의 불만에 대해 언급하지 않을 수 없습니다. 이용객들은 법적으로 엄연히 '초대받은 손님'의 위치에 있음에도 불구하고 혼잡한 인파에 떠밀려 넘어지는 등 여러 면에서 말 못 할 불편을 겪고 있습니다. 문제는 이뿐이 아닙니다. 타지에서 온 손님들은 '늙은이', '할멈', 심지어 '늙다리'니 '할망구'라는 말을 듣기 일쑤라고 합니다.'

저쪽에서 민사 소송을 제기할 경우 위에 기술된 폐해를 해소하기 위해 향후 경찰이 단속에 나서겠습니다만, 그것과는 별도로 혹시라도 우리가 패소한다면 고액의 배상금을 지불하지 않으면 안 될 것입니다.

1959년 12월 5일

친애하는 손턴 씨에게

저는 몇 년 전부러 댁에게 고문 변호사를 맡아달라고 부탁했습니다. 저의 법률상 대리인을 맡아달라고 한 것은 제 이익을 위해 최선을 다해달라는 의미였습니다. 서점의 창 쪽에 무엇이 진열되었는지 직접 와서 보셨나요? 저는 매일 서점 운영으로 바쁜 나날을 보내고 있습니다. 서점에서 반경 200미러 이내에 올 일이 있으면, 꼭 들러서 창 쪽을 잘 살펴보고 어떤 느낌을 받았는지 말씀해주시면 감사하겠습니다.

플로렌스 그린 올림

---

[*] 법원에서 증거로 채택될 서면 진술을 하는 사람에게서 선서할 수 있는 권한을 부여받은 변호사.

1959년 12월 5일

친애하는 그린 부인께

12월 5일 자 서신 잘 받았습니다. 내용을 읽고 조금 당황했지만, 답변을 드리기 위해 두 번이나 서점에 가서 창 쪽을 살피려고 했습니다. 하지만 살피지 못했습니다. 멀리 플린트마켓에서도 사람들이 몰려왔더군요. 정말 놀라지 않을 수 없었습니다. 적어도 교통량 증가로 불편을 겪는다는 말은 우리로서도 인정할 수밖에 없을 듯합니다. 이 외의 다른 의견에 대해서는 일단 그린 부인과 당 사무소가 주고받은 모든 것을 기록해두는 편이 저뿐 아니라 부인 입장에서도 바람직하다는 조언을 드리고 싶습니다.

토머스 손턴 배상

사무 변호사 겸 선서입회관

1959년 12월 6일

친애하는 손턴 씨에게

무슨 말씀인지 모르겠습니다.

조언이라는 것이 구체적으로 무엇인지요?

플로렌스 그린 올림

1959년 12월 8일

친애하는 그린 부인께

12월 6일 자 서신에 대한 답변을 드리자면, 장해가 되는 요소를 제거해야 한다는 것이 제 생각입니다. 다시 말해 소송에 휘말리기 전에 일반 대중이 큰길의 가장 좁은 곳에 모이는 걸 저지해야 한다는 이야기입니다. 한 가지 더 있습니다. 블라디미르 나보코프가 쓴 지나치게 선정적인 소설 판매를 중지해야 한다고 생각합니다. 우리는 재판에서 1863년의 리처드 헤링 대 수도권 인프라 정비위원회의 판례를 인용할 수 없습니다. 왜냐하면 이번 사태는 굶주림이나 생활필수품 부족으로 대중이 모인 것이 아니기 때문입니다.

토머스 손턴 배상

사무 변호사 겸 선서입회관

1959년 12월 9일

친애하는 손턴 씨에게

좋은 책은 위대한 영혼에 흐르는 고귀한 혈액인 만큼 세대를 뛰어넘어 길이길이 전해지도록 방부 처리하여 소중히 보관해야 합니다. 당연히 책도 생활에 꼭 필요한 겁니다. 생활필수품이란 말입니다.

플로렌스 그린 올림

1959년 12월 10일

친애하는 플로렌스 그린 부인께

엊그제 드린 조언을 다시 한번 반복할 수밖에 없다는 것을 말씀드립니다. 아울러 이번 건은 어디까지나 개인이 해결해야 할 문제이지 변호사인 제가 책임져야 할 범위 내의 일이 아니라는 점을 말씀드리고 싶습니다. 제 의견을 여쭙는다면, 가맛 부인에게 정식으로 사과를 드리는 게 가장 현명하다고 대답하겠습니다.

토머스 손턴 배상

사무 변호사 겸 선서입회관

1959년 12월 11일

친애하는 손턴 씨에게

겁쟁이!

플로렌스 그린 올림

플로렌스에게 용기가 있다면, 그것은 비상시든 평상시든 변함없는 태도로 일관하는 가맛 장군이나 자신의 세계가 흐트러지지 않도록 바깥세상과 담쌓고 지내는 브런디시 씨와는 사뭇 다를 터였다. 말하자면 플로렌스의 용기는 살아남기 위한 강한 의지에 지나지 않았다.

경찰이 단속을 나올 낌새는 보이지 않았고, 앞으로 그럴 계획도 없는 것 같았다. 그런 터에 드러리 변호사가 가맛 부인에게 고발하는 데 필요한 증거 자료가 제대로 갖추어져 있지 않다고 하자 그 뒤로는 서점에 대한 불평의 강도가 떨어진 듯했다. 서점을 찾는 손님 수가 크게 늘었지만 대부분 질서를 잘 지키는 데다 12월 첫째 주 『롤리타』만으로 82파운드 10실링의 수익을 올렸다. 크리스마스카드와 새해 달력을 찾는 새로운 손님의 발길도 끊이지 않고 이어졌다. 플로렌스는 난생처음으로 행운다운 행운이 찾아온 것 같아 한껏 고무되었다.

하지만 플로렌스가 자기를 대하는 주위 사람들의 태도 변화를 예의 주시했다면 마냥 들떠 있을 수만은 없을 것이다. 제시 웰포드도 로다 양장점에서 작품 전시회를 연 수채화가 시어도어 길도 플로렌스에게 적대감을 품기 시작했다. 크리스틴은 시어도어 길 같은 사내와 함께 침대에 눕느니 두꺼비와 자겠다며 웰포드 아주머니가 그한테서 오돌토돌한 사마귀가 옮지 않은 게 기적이라고 말했다. 그런데 이는 두 사람의 관계를 잘 몰라서 하는 소리였다. 둘은 동맹을 맺은 듯 끈끈한 관계를 유지하고 있었다. 큰길을 오가는 사람 가운데 그 누구도 양장점에 들어가려고도, 수채화를 거들떠보려고도 하지 않았다. 데븐 생선가게 앞에 나란히 서서 생선을 고르는 사람도 보기 드물었다. 하드버러에서 가게를 운영하는 사람 대부분이 손님이 들끓는 올드하우스 서점을 적의에 찬 눈으로 바라보았다. 한때 플로렌스를 하드버러 상공인 협동조합이나 로터리 클럽에 초대하자는 사람도 몇몇 있었으나 어느샌가 그들의 목소리는 쏙 들어가버렸다.

플로렌스는 크리스마스 시즌을 맞아 과감한 결정을 내렸다. 도움이 되지 않는 손턴 변호사와의 계약을 해지하고 플린트마켓의 변호사 사무소에 법률 관련 업무를 맡기기로 했다. 그리고 그 사무소를 통해 배관 외에 건설 공사까지 맡아 하는 샘 월킨스와 계약을 맺고 습기가 많아 방치한 굴 창고를 아예 허물기로 했다. 하지만 해체 공사는 좀처럼 수월하게 진행되지 않았다. 창고를 허문 자리를 어떻게 활용할지는 나중에 생각하기로 했다.

플로렌스는 보관할 마땅한 곳이 없어 출판사 영업 직원이 산더미처럼 쌓아둔 물건을 바라보다가 어떻게 처분할지 충동적으로 결정했다. 스탈린과 루스벨트의 실물 크기 포스터와 이보다 큰 윈스턴 처칠의 포스터, 세 부분으로 나뉘어 이음새 부분에 풀칠해 조립하는 식으로 되어 있는 나치의 탱크, 천장에 끈으로 매달아 움직이도록 만든 것으로 스탠리

매튜스*와 그의 동료 선수들이 등장하는 축구팀 홍보용 모빌, 검붉은 핏빛 발자국이 그려진 카드 6장, 건전지를 넣고 스위치를 누르면 눈알을 굴리며 울타리를 뛰어넘는 말, 윌리엄 서머싯 몸과 윌프레드 피클즈**의 괴기스러운 사진 등을 크리스마스 가장행렬에 쓸 물건을 모으는 크리스틴에게 몽땅 주었다.

그 가장행렬은 마을의 한 자선단체가 주최하는 행사였다.

"이렇게 많이 주셔도 괜찮아요? 아무튼 고마워요. 그렇지 않아도 빨랫비누 상자를 뒤집어쓰고 가장행렬에 나설 수밖에 없다고 생각하던 참이었어요."

크리스틴이 말했다.

「데일리 헤럴드」나 「데일리 미러」 같은 신문사가 구독자를 확보하기 위해 이따금 신문을 나누어주는 것처럼 세제 회사에서도 시제품을 사람들에게 무료로 제공하는 일이 있었다. 특히 가장행렬 때 자주 그랬다. 그런데 하드버러 주민들은 가장행렬에 질릴 대로 질려 있었다. 보지 않아도 뻔했기 때문이다.

---

* 1950년대 활약한, 드리블의 마술사란 별명이 붙은 영국 축구 선수.
** 영국의 배우 겸 라디오 프로그램 진행자.

플로렌스는 어째서 크리스틴이 여자 피에로 같은 귀여운 분장을 하려고 들지 않는지 이해할 수 없었다. 크리스틴은 아무리 보아도 귀여운 구석이라고는 전혀 없는 것을 만들었다. 이상한 재료를 가지고 덕지덕지 붙이거나 바느질해 독특한 만큼 사람들의 이목을 끄는 코스튬을 만든 것이다. 그러고는 '잘 가, 1959년'이라고 이름 붙였다. 『롤리타』의 표지도 그 괴상한 의상을 장식하는 데 쓰였다. 플로렌스는 발이 작은 편이어서 자기 구두가 맞을 거라 여기고 크리스틴에게 빌려주었다. 구두는 버클까지 악어가죽으로 된 것이었다. 크리스틴은 2층을 자주 들락거렸지만 이 구두는 처음 본다면서 크리스찬 디올 제품 같다고 말했다.

"저기요, 디올은 어느 집시한테서 '10년 안에 행운이 찾아오고 얼마 뒤 죽음을 맞이할 것이다'라는 말을 들었대요."

플로렌스는 초자연적인 일에 대해 가볍게 말하는 것은 옳지 않다고 생각했다.

"디올이 프랑스 사람이니까 집시도 그쪽 사람일 거예요."

크리스틴은 부연 설명하면서 악어가죽으로 된 구두를 신고 시험 삼아 걸어보았다.

가장행렬의 후원자는 스테드에 사는 가맛 부인이었고, 심사위원은 마일로 노스였다. BBC 관련 일을 하는 만큼 예술에도 조예가 깊다고 판단해 가맛 부인은 마일로를 심사위원으로 뽑았을 터였다. 마일로는 사람들에게 인사하는 자리에서 빙긋 웃으며 이렇게 말했다.

"사실 심사위원을 맡고 싶지 않았어요. 나는 모든 일에 이렇다 저렇다 함부로 판단하지 말자는 주의거든요."

그 말에 사람들이 웃음을 터뜨렸다.

가장행렬은 엘리자베스 여왕 대관 기념홀에서 열렸다. 그 건물은 예정대로 완공되지 않아 지붕이 얇은 철판으로 대충 덮여 있었다. 그래서 안개비나 진눈깨비가 내리면 별문제 없지만 비가 오면 철판을 때리는 빗방울 소리에 귀가 먹먹할 지경이었다. 크리스틴 기펑은 괴상망측한 복장에다 퍼즐 게임 회사에서 '탈출하거나 죽거나' 게임 홍보용으로 보내온 가시철사를 휘감은 유모차에 여동생 멜로디를 태운 덕에 '가장 독창적인 코스튬 상'을 받았다. 크리스틴이 그 상을 받은 데 대해 이의를 제기하는 사람은 거의 없었다.

일주일 뒤에는 아이들이 하는 예수 성탄극이 상연되었지만, 공교롭게도 크리스마스 선물을 사려는 손님들이 몰려오는 토요일 오후라서 플로렌스는 서점 밖으로 한 걸음도 나갈 수 없었다. 단지 연극이 끝난 뒤 서점에 들른 윌리와 레이븐, 그리고 다음 학기에 쓸 책을 주문하러 온 트레일 교장한

테서 연극에 대한 이야기를 들을 수는 있었다.

연극에 대한 평가는 저마다 달랐다. 레이븐은 습지대에서 양 몇 마리를 끌고 가서 무대에 올렸는데, '리얼리즘의 추구가 지나쳤다'라는 평을 들었다. 하지만 대사를 잊은 아이는 아무도 없었으며, 특히 크리스틴의 춤은 무대가 떠나갈 듯 요란한 박수갈채를 받았다. 가장행렬에서 굵직한 상을 받은 덕분에 크리스틴은 꿈에 그리던 살로메 역을 맡을 수 있었는데, 맏언니의 비키니까지 빌려 입고 무대에 오를 만큼 열정적으로 연기했다.

"정말 끝내줬어요. 살로메는 세례 요한의 목을 가지려고 춤을 춰야만 했죠."

"춤출 때 어떤 음악이 나왔어?"

월리의 설명에 플로렌스가 물었다.

"로니 도네건*의 「푸팅 온 더 스타일」이라는 노래예요. 트레일 교장 선생님이 마음에 들어 하셨는지 어떤지는 잘 모르겠어요."

트레일 부인은 오랜 기간 초등학교에서 아이들을 상대하다 보니 웬만한 것은 받아들이게 되었다고 말했다.

---

* 1950년대 스키플 음악의 왕이라 불린 영국의 싱어송라이터.

"하지만 가맛 부인은 그 노래가 마음에 안 드는 모양이었어요."

"마음에 안 들어도 뭘 어떻게 할 수는 없을 겁니다. 그 여자에게 무슨 대단한 힘이 있겠냐고요?"

트레일 부인에 이어 레이븐이 말했다. 그는 서점에 오는 길에 술집에 들러 한두 잔 걸쳐서인지 기분이 아주 좋아 보였다.

플로렌스는 크리스틴이 일레븐플러스 대비를 잘하고 있는지 어떤지 여전히 걱정되었다.

"크리스틴은 제게 큰 도움을 주는 아이예요. 일레븐플러스를 통과해 그래머스쿨까지 졸업하게 되면 어디에서든 그 아이를 원할 텐데, 그러면 다른 데로 가지 않을까 싶어요. 그 아이는 특히 책을 분류하는 재능이 있어요. 그런 건 가르친다고 되는 게 아니에요. 타고나는 거죠."

안경 너머로 트레일 교장 선생의 눈동자가 반짝거렸다. 어떤 일이든 교육을 받아야 잘할 수 있다고 말하고 싶은 눈치였다. 플로렌스는 크리스틴을 떠올릴 때마다 책임감을 느꼈다. 크리스틴에게 좀 더 힘이 되어주어야 하는데 그렇지 않은 것 같아 후회한 적이 여러 번 있었다. 크리스틴은 오로지 「번티」만 읽었다. 다른 책은 읽으려 하지도 않거니와 누가 자기에게 책 읽어주는 것도 좋아하지 않았다. 플로렌스는 그 사실을 알고는 크리스틴에게 해줄 수 있는 게 무엇인지 곰곰이 생각해보았다.

플로렌스는 어느 날 아이들과 함께 서점에 왔다가 돌아가려는 윌리를 붙잡고 아이들이 좋아하는 연극에 대해 알려달라고 말했다. 하지만 윌리와 크리스틴을 비롯한 하드버러의 아이들이 연극다운 연극을 본 적이 있을까 싶었다. 플로렌스는 노리치의 매더마켓 극장에서 훌륭한 연극을 상연한다고 하면 아이들이 자기와 함께 그곳에 갈지 어떨지 궁금했다.

"거기엔 아직 아무도 가본 적 없어요."

윌리는 왜 그런 걸 묻느냐는 듯 고개를 갸우뚱거렸다.

"작년에 학교 행사로 전교생이 플린트마켓에 가서 연극을 본 적은 있지만요. 방방곡곡을 돌아다니는 유랑극단의 연극이었죠. 굉장히 재미있었어요. 앰프를 설치하는 것도 봤는데 정말 신기했어요."

"어떤 연극이었는데?"

"저희가 갔던 날에는 『헨젤과 그레텔』을 했어요. 노래하는 장면도 있었죠. 『헨젤과 그레텔』 전체를 본 건 아니고 남자와 여자가 누워서 씨름하는 장면만 봤어요. 하늘에서 천사가 춤을 추며 내려와서 커다란 나뭇잎으로 두 사람을 가려 제대로 볼 수는 없었지만요."

"윌리 너는 『헨젤과 그레텔』 줄거리를 제대로 모르는 모양이구나. 헨젤과 그레텔은 남매야."

"남매요? 남매면 뭐가 달라지죠?"

*

1월의 그 날은 날씨가 따뜻했다. 해마다 1월이면 사람들이 봄 같다는 날이 딱 하루 있는데, 바로 그 날이었다. 파란 하늘에는 흰 구름이 엷게 펼쳐져 있고 셀 수 없이 많은 종류의 식물로 뒤덮인 습지대는 생명의 부활을 알리듯 은은한 향기를 내뿜고 있었다.

산책을 나선 플로렌스는 평소에는 잘 가지 않는 곳을 향해 걸었다. 일부러 피하지는 않았지만 어쨌든 그곳으로 가는 건 오랜만이었다. 플로렌스는 레이즈강 하구를 등지고 북쪽의 곶을 향해 계속 걸었다. 얼마쯤 가자 철조망을 두른 문에 '사유지: 농장'이라고 적힌 팻말이 걸려 있었다. 플로렌스는 문 너머에 나 있는 오솔길은 누구든 자유롭게 드나들 수 있다고 들었기 때문에 문을 통과해 그쪽으로 향했다. 오솔길은 똑바로 뻗어 있다가 급하게 꺾이면서 바다로 이어졌다. 플로렌스는 잠시 앉아서 10미터쯤 아래에 펼쳐져 있는 모래사장과 잔잔한 파도를 바라보았다. 푹신한 풀밭은 마치 녹색의 양탄자 같았다. 예전에는 사람이 다녔지만 지금은 그렇지 않은 좁은 길이 망령처럼 절벽을 따라 길게 뻗어 있었다. 그리고 그 길 한쪽에는 아담한 단층집과 조금 고급스러운 별장이 죽 늘어서 있었다. 그 건물들은 5년 전에 바닷바람으로 인한 부식을 고려하지 않고 지어진 것이었다. 그 때문에 지금은 폐허나 다름없었다. 주인이 입주도 하지 않았는데 바닥의 모래가 서서히 빠져나가면서 한쪽으로 기울거나 밀려난 집도 있었다. 성한 집이 한 채도 없었다. 집을 판다는 글이 적힌 간판만 군데군데 우뚝 서 있었다.

절벽 바로 앞에 위태롭게 서 있는 자그마한 별장이 플로렌스의 눈에 들어왔다. 바닥 절반과 정면 벽은 이미 반쯤 떨어져 나갔고, 훤히 드러난 거실을 작은 새들이 자유로이 드나들고 있었다. 게다가 마지막 남은 벽지 조각이 금방이라도 절벽 아래로 떨어질 듯 바람에 나풀거리고 있었다.

플로렌스는 봄날 같은 햇살을 온몸으로 받으며 아무도 살지 않는 집의 현관 돌계단에 10분쯤 앉아 있었다. 돌계단에는 장식용 타일이 보기 좋게 박혀 있었다. 북해에서 불어온 소금기를 한껏 머금은 바람에는 산뜻한 향기와 함께 부패한 냄새가 배어 있었다. 빠른 속도로 빠지던 바닷물이 방금 드러난 바위 주위에서 머뭇거리다 노란빛을 띤 거품이 되어 흩어졌다. 바닷물은 마치 무엇을 끌어안고 먼바다로 나갈까 생각하는 것 같았다. 바닷물이 빠져나간 자리에는 무엇이 남을까? 배의 잔해나 뱃사람들이 버린 물건은 얼마나 될까? 바다에 버려진 플라스틱병이나 그릇은 또 얼마나 많을까? 매년 해안이 얼마나 침식될까? 플로렌스는 각각의 의문에 대한 구체적인 수치로 이루어진 답을 몇 번이나 듣거나 보았는데도 전혀 생각나지 않자 당황했다. 월리에게 물어보면 바로 알려줄 것 같았다. 플로렌스는 투기 목적으로 조성된 택지뿐 아니라 종탑을 얹은 교회도 파도 아래 잠겨 있었다는 이야기를 들은 적 있었다. 몇몇 사람은 그 사실을 부정하며 얼마든지 종을 건져낼 수 있다고 말하지만, 플로렌스 생각에 그것은 하드버러의 특수성을 몰라서 하는 소리였다. 이 마을 주민들은 올드하우스를 자기들이 얼마나 오랫동안 방치했는지 모를 것이다. 금방이라도 무너질 듯 낡을 대로 낡았다는 사실을 잘 알면서도 말이다.

마일로와 캐티가 절벽을 따라 이어진 좁은 길을 걸어오는 모습이 보였다. 하드버러에서 빨간 스타킹을 신은 젊은 여자는 캐티뿐이라 금방 알아볼 수 있었다. 플로렌스는 두 사람이 웬만큼 가까이 다가오자 캐티가 줄곧 울고 있었다는 걸 눈치챘다. 즐거운 데이트가 아닌 게 분명했다.

"왜 여기 앉아 계시죠?"

마일로가 물었다.

"글쎄요. 왜 이런 곳까지 산책을 나왔는지 나도 잘 모르겠어요. 할 일도 많은 데다 산책은 은퇴한 사람들이나 하는 것 아닌가 싶은데 말이에요."

"옆에 앉아도 될까요?"

이번에는 캐티가 물었다. 캐티는 살갑게 굴어 플로렌스를 기쁘게 함으로써 환심을 사려는 듯 행동했다. 어쩌면 그녀는 자신이 사람을 얼마나 쉽게 매료시킬 수 있는지 또는 마일로의 지인처럼 보이는 평범한 중년 여자에게 자신이 어느 정도의 호의를 베푸는지 잘 지켜보라고 일부러 그렇게 행동하는지도 몰랐다. 플로렌스는 둘 중 어느 쪽인지 알 수 없지만 어쨌든 캐티가 몹시 딱해 보였다. 플로렌스가 자리를 내주려고 한쪽으로 비켜 앉자 캐티는 기다렸다는 듯 우아한 동작으로 돌계단에 앉더니 빨간 스타킹이 감싸고 있는 기다란 다리를 가리려는 듯 미니스커트를 아래로 끌어내렸다.

"하드버러에 폐가가 많다는 사실을 도무지 믿지 않아서 직접 보여주려고 함께 왔습니다."

마일로가 두 여자를 내려다보며 말하고는 저마다 딱한 사연이 있을 법한 집들을 바라보았다.

"주인들이 입주조차 하지 않은 것 같군요. 이 집도 그런 것 같고요. 수돗물은 나올까요?"

마일로는 벽이 무너져 쌓인 벽돌 더미를 뛰어넘어 여기저기 부서진 부엌 안으로 들어가더니 수도꼭지를 틀었다. 순간 검붉은 녹물이 힘차게 뿜어져 나왔다.

"그냥 들어와서 살면 되겠는걸요. 여기에서 살면 캐티도 만족할 것 같아요. 지금 사는 집이 마음에 안 든다고 걸핏하면 불평하거든요."

플로렌스는 화제를 바꾸려고 캐티에게 BBC에서 무슨 일을 하느냐고 물었다. 캐티는 텔레비전 방송 관련 일은 전혀 하지 않는다고 말했다. 플로렌스는 그 말에 조금 실망했다. 캐티는 녹화방송 부서에서 경비 서류를 정리하는 일을 한다고 덧붙였다. 젊고 총명해 보이는 캐티가 만족할 만한 업무는 아닌 것 같았다.

"우리 둘이서 바이올렛 가맛 부인과 점심을 하고 오는 길입니다. 그분도 우리를 조금은 다시 보는 것 같더군요."

마일로가 절벽 끝 풀숲에서 몸의 균형을 잡으며 말했다.

"노스 씨, 당신은 왜 소문에 휘말린 사람의 입장 같은 건 생각하지 않나요? 그리고 어째서 타인에 대해 호의적으로 말할 줄 모르나요?"

플로렌스가 다짜고짜 물었다. 마일로는 조금 당황한 눈치였다.

"가맷 부인은 여전히 당신이 하드버러 예술 센터를 운영하기를 바라나 보죠? 혹시 바지사장 같은 식으로 당신을 그냥 자리에 앉혀놓기만 하려는 건 아닌가요?"

"일종의 계절병 같은 거예요. 그분 매년 여름이면 버릇처럼 그 이야기를 꺼내죠. 글라인드본 오페라 페스티벌과 올드버러 음악 축제가 사람들 입에 오르내리니까요. 지금은 1월이니 조금은 잠잠할 겁니다."

"아주 친절한 분이시더라고요."

캐티가 말했다. 그녀는 크리스틴처럼 양팔로 몸을 꼭 껴안고 있었다.

"친절한 사람은 안심하고 좋아할 수 없어. 플로렌스 씨는 예외지만……."

"그런 식의 입에 발린 말, 전혀 기쁘지 않아요. 노스 씨는 열심히 일하지 않는 것 같네요. BBC는 공영 방송국이잖아요. 국민 세금으로 급여를 받고 있다는 사실 잊지 마세요."

플로렌스 말에 마일로가 웃었다.

"급여는 캐티가 주는걸요. 캐티가 제 급여 서류도 정리해요. 자, 그만들 돌아갑시다."

"먼저들 가세요. 모처럼 왔으니까 나는 조금 더 있다가 갈 테니까요."

플로렌스가 말했다.

"지금 저희와 함께 가시면 안 되나요? 그래 주세요."

캐티가 사정하듯 말했다. 무언가 할 말이 있는 듯한 표정이었다.

"책을 어떻게 포장하는지 보여주실 수 있나요? 어떻게 종이로 포장하고 끈으로 묶는지 통 모르겠어요."

플로렌스는 늘 종이 봉투를 사용했는데, 어째서 캐티가 포장에 대해 묻는지 의아했다. 서점에서 캐티를 본 적은 한 번도 없었다. 플로렌스는 두 사람과 함께 마을로 돌아가기로 했다. 캐티는 풀잎을 닥치는 대로 따서는 살가운 말투로 풀이름이 뭐냐고 물었다. 플로렌스는 타임이나 질경이는 잎을 보고도 알 수 있지만, 나머지 풀은 꽃을 보지 않고서는 모른다면서 꽃이 피려면 앞으로 두 달은 지나야 한다고 대답했다.

*

어느 날 초등학교 최종 학년 학생들이 자습하고 있을 때였다. 자습이라고 하지만 다들 추워서 밖에 나가지 못하고 책상에 앉은 채 요즘 유행하는 상스러운 말이나 욕설을 내뱉으며 시끄럽게 떠들어 대고 있었다. 아무튼 그때 교실 문을 열고 낯선 사람이 나타났다.

"자리에 앉은 채로 들으렴. 나는 교육위원회에서 나온 사찰관이란다."

"사찰관요? 뭘 사찰하려는 거죠?"

반장 아이가 물었다. 그때 출석부를 가지러 교실을 나갔던 트레일 교장 선생이 돌아왔다.

"누구시죠?"

"아, 트레일 교장 선생님이군요. 저는 셰퍼드라고 합니다. 교육위원회에서 발급한 사찰 허가증을 보여드리지요. 어린 학생이 상점에서 일하고 있다는 충분한 근거가 있는 경우, 이 허가증이 있으면 1950년에 제정된 상점법에 의거해 학교를 대상으로 사찰할 수 있습니다."

"상점에서 일하는 게 문제인가요? 아이들은 그러고 싶어 할걸요. 아이들이 집에서 운영하는 가게에서 부모를 돕거나 신문 배달하는 것 말고 그 어떤 일을 할 수 있다는 거죠? 있으면 알려주세요, 아이들에게 소개하게요. 감자 캐는 시기에나 다시 와주세요. 그때는 어린 학생이 일하고 있다는 충분한 근거가 많을 테니까요. 그나저나 여태껏 교육위원회에서 사찰관이 나온 적은 없는데 어떻게 된 거죠?"

"인력이 부족해서 정기적으로 사찰을 벌이고 싶어도 그럴 수 없는 형편입니다."

"도대체 누가 어떤 말을 했기에 사찰을 나온 겁니까?"

트레일 교장이 사무적으로 물었다. 교장은 상대방이 답변하지 않자 계속 몰아붙였다.

"대체 뭘 사찰하겠다는 건지 모르겠지만 학교 끝나고 아르바이트하는 학생은 크리스틴 기펑뿐입니다."

"어디서 아르바이트하는데요?"

"올드하우스 서점에서요. 크리스틴, 자리에서 일어나렴."

사찰관이 들고 있는 노트를 펼쳤다.

"알고 계시겠지만 상점법에 의거해 문제가 있는 경우, 제가 충분히 이해할 때까지 학생에 대해 조사할 권리가 제게는 있습니다."

사찰관 말에 아이들이 야유하듯 휘파람을 불었다. 사찰관이 기분 나쁜 표정을 지었다.

"여자 동료도 함께 왔습니다. 지금 밖에서 차가 잘 잠겼는지 확인하는 중이죠."

"그럼 조사한답시고 엉큼한 짓은 못하겠네요."

반장 소년이 사찰관을 놀리듯 말했다.

크리스틴은 태연했다.

늦어서 미안하다는 표정을 지으며 운동장에서 헐레벌떡 달려온 여자 사찰관이 크리스틴을 데리고 피아노 건너편의 작은 방으로 들어갔다. 그곳은 급식비를 정산할 때 쓰는 방이었다.

올드하우스 서점, 플로렌스 그린 씨께

교육위원회 사찰관이 크리스틴 기핑을 조사하여 알아낸 사실을 토대로 조서를 작성한 뒤 크리스틴 본인의 서명을 받았습니다. 불규칙적으로 등교한 증거는 찾을 수 없었지만, 귀하의 서점에서 베스트셀러 책을 들여놓은 결과 크리스틴 기핑은 크리스마스 방학인 일주일 동안 44시간을 올드하우스에서 근무했습니다. 여기에 더하여 귀하의 서점에서 발생하는 바람직하지 않은 괴기 현상으로 말미암아 소녀의 건강과 안전이 상당한 위협을 받았습니다. 크리스틴 기핑의 진술서를 보면, '현재 래퍼는 아주 조용해졌지만 완벽하게 내쫓는 건 불가능합니다'라고 쓰여 있습니다. 상점법 조항에 의거해 본 위원회에서 검토한 결과, 초자연적 현상은 사람을 다치게 할 위험이 있다고 봅니다. 이를테면 청소년에게 사용하도록 권하면 안 되는 베이컨을 만드는 기계나 그 밖의 날카로운 조리 기구와 동일한 위험도를 지닌 것으로 판단됩니다.

담당자님께

위원회 측에서 인용한 상점법에 대해 말하자면, 그것은 14세에서 16세 사이의 아이에게만 적용되는 법입니다. 크리스틴 기핑은 이제 11세입니다. 11세가 아니면 초등학교에 다닐 리가 없잖습니까.

플로렌스 그린 씀

올드하우스 서점, 플로렌스 그린 씨께

귀하의 말씀대로 크리스틴 기핑은 11세가 맞습니다. 그런데

11세는 법적으로 소매업에 종사하는 것이 보다 엄격하게 금지되어 있습니다. 단 예외 조항이 있는데, 이는 노점이나 이동식 또는 조립식 가판에 한하며 가판의 경우 받침대 위에 올릴 널빤지를 건네받은 뒤 하루가 끝나는 시점에서 해체하지 않으면 안 되게 되어 있습니다.

담당자님께

하드버러의 길에는 널빤지를 건네받아 받침대에 올리고 하루가 끝나는 시점에서 해체하고 싶어도 가판대를 놓을 공간이 없어 못합니다. 잘 아시겠지만, 크리스틴 기핑은 서퍽주 초등학교에 다니는 다수의 아이들과 마찬가지로 그저 '가게에서 단순한 보조 일을 하고 있을 뿐'입니다. 7월에 일레븐플러스를 응시한 뒤에는 아마 플린트마켓에 있는 그래머스쿨에 진학하게 되겠지요. 그때는 학교가 끝난 뒤 가게 일을 도울 만한 여유가 없을 것입니다.

플로렌스 그린 씀

그 뒤로 교육위원회 사찰관한테서는 아무런 연락이 없었

다. 이번에는 또 누가 교육위원회에 문제를 제기했는지 알 수 없지만 지난번 고발 소동처럼 금세 잠잠해졌다. 브런디시 씨한테서 축하한다는 짧은 편지가 날아왔다. 어딘가에서 소문을 들은 모양이었다. 편지에는 브런디시 씨의 조부가 살아 있을 때 일이 적혀 있었다. 당시에는 교육위원회 사찰관이 주머니에 족제비를 넣고 서픽주의 모든 학교를 돌아다니면서 쥐를 잡았다고 했다.

위독한 상태에서 벗어났음에도 체력이 회복되지 않아 잘 움직이지 못하는 환자처럼 올드하우스 서점의 수익은 제자리걸음이었다. 크리스마스 이후 몇 개월은 그럴 수밖에 없을 터였다. 굴 창고 해체 공사가 끝나서 그 땅을 팔게 되면 운용 자금에 여유가 생길 텐데 윌킨스의 작업 속도는 답답할 정도로 느렸다. 일을 후딱후딱 처리하는 사람도 아닌 터에 겨울의 혹독한 추위까지 윌킨스의 발목을 잡았다. 더욱이 오래된 건물이라고 얕볼 게 아니었다. 겉보기에는 손만 살짝 대도 무너질 듯하지만, 사실은 굉장히 튼튼하게 지어져서 커다란 망치로 벽을 내리쳐도 잘 부서지지 않았다. 플로렌스로서는 그런 점을 은행 지점장에게 거듭 강조해야만 했다. 이따금 들러서 세상 돌아가는 이야기를 좀 나누자는 지점장 말을 듣고 은행에 찾아간 플로렌스는 난감했다. 운용 자금이 눈에 띄게 줄었는데 어떻게 할 거냐는 말을 들었기 때문이다.

"그래서 굴 창고를 고정 자산에서 유동 자산으로 바꾸시겠다는 건데……."

"지금으로는 둘 중 어디에도 속하지 않을 것 같아요. 윌킨스 씨 말로는 회반죽 벽이 웬만한 돌보다 훨씬 단단하대요."

키블 지점장은 옛날부터 지속적으로 침수된 자그마한 면적의 건물을 처분하기에 지금은 적당한 시기가 아니라고 말했다. 하지만 맨 처음 대출 상담할 때는 이와 비슷한 말조차 한마디도 입에 담지 않았다.

"수익이 정체 상태라도 크게 걱정할 일은 아닌 듯합니다. 곧 좋아질 테니까요. 그나저나 서점의 영향으로 옛날부터 고수해 오던 가게 운영 방식을 바꿔야 할지 어떨지 고민하는 사람들이 꽤 있는 것 같더군요. 어쨌든 소규모 사업이란 게 다 그런 겁니다. 들쭉날쭉 요동치게 마련이지요. 그린 부인도 제 위치에 서면 시야가 넓어지면서 그런 모든 현상을 이해하게 될 겁니다."

그해 늦은 봄이었다. 롱워시 지역 국회의원으로 머리가 비상한 데다 크게 성공했으나 어딘지 멍청한 구석이 있는, 가맛 부인의 조카가 제출한 개별 법안이 두 차례 심의 과정을 거쳐 의회에서 통과되었다. 경력이 변변찮은 청년 국회의원이 발의한 것치고는 괄목할 만한 법안이었다. 법안에는 모든 정당이 받아들일 만한 인도적이고 민주적인 데다 점점 비중이 커지는 여가 문제까지 다룬 조항이 죽 나열되어있었다. 하지만 그 어느 것도 실행에 옮기기 어려워 보였다. '교육적 가치 및 이익 있는 건물 입수에 관한 법안'이라는 이름이 붙은 법안의 주요 내용은 전체 또는 일부가 1549년 이전에 지어졌으되 거주 목적으로 사용되지 않는 건물의 경우 양쪽의 합의에 의해 보상금을 지불하는 조건으로 강제로 매입할 권리를 지방 자치단체에 부여한다는 것이었다. 법안에는 취득한 건물은 반드시 마을 주민의 문화적인 오락을 제공하는 시설로 사용되어야 한다는 조항도 들어 있었다.

플로렌스는 「타임스」에 실린 법안에 관한 짧은 기사를 읽으면서 자기에게는 아무런 영향이 없을 거라고 생각했다. 하드버러든 플린트마켓의 자치단체든 예산이 없어 그런 사업을 착수조차 하지 못할 테고, 무엇보다 올드하우스는 '거주 목적'으로 사용되고 있기 때문이었다. 플로렌스는 자신이 살고 있는 만큼 거주 목적이라는 말이 딱 맞는다고 생각하다가 건물을 어떻게 관리해야 할지 고민에 빠졌다. 겨우내 지붕의 기와가 대량으로 떨어져 내렸고, 바닷물이 해안

선을 침식하듯 습기로 침실 천장이 조금씩 젖어 흉하게 얼룩졌다. 계단 아래에 설치한 재고 보관용 선반도 습기로 눅눅해서 책을 버리기 일쑤였다. 하지만 올드하우스는 책을 위한 공간이자 플로렌스의 집이었다. 플로렌스는 책과 함께 평생을 올드하우스에서 살기로 다시 한번 다짐했다.

법안은 가맛 부인이 조카에게 직접 제안해서 발의된 게 아니었다. 하지만 가맛 부인은 의원 회관에서 조카와 점심 식사를 하다가 작년 봄 스테드에서 열린 파티에 참석한 바람에 법안을 떠올렸다는 조카의 말을 듣고 함박웃음을 지으며 기뻐했다. 특별히 열정을 쏟을 만한 일이 없는 하드버러에서 가맛 부인은 그야말로 열정 덩어리 같은 존재였다. 부인이 열정을 쏟아 관심을 기울이고 불평 한마디라도 내뱉으면 그 파급력이 엄청나서 맨 처음 의도한 것보다 훨씬 큰 영향력을 발휘했다. 그런 사실을 실감할 때마다 가맛 부인은 자신뿐 아니라 모든 사람을 위해 헌신한 듯 흡족한 미소를 지으며 기뻐했다. 그녀는 무엇이든 자신이 옳다고 확신하며 행동했다. 자신의 도덕관이나 윤리관만으로 원만한 인간관계를 이루는 경우는 드문데도 부인은 그런 사실을 조금도 염두에 두지 않았다.

가맛 부인은 점심 식사 자리에서 테이블 건너편에 앉은

조카에게 연신 미소를 지으며 생선 요리에 대해 말했다.

"나는 이런 생선 요리는 안 먹는단다. 하드버러에서 살면 다른 곳 생선 요리는 먹지 않게 돼. 하드버러 생선은 갓 잡아서 아주 싱싱하거든."

그렇게 말하는 부인의 모습은 누가 보아도 매력적이라고 할 만했다. 그녀는 동갑내기에 비해 훨씬 젊어 보였다. 가맛 부인은 그날 런던에 온 것은 어디까지나 자선 행사 때문이지 올드하우스 서점과는 아무런 관련이 없다고 말했다. 부인의 조카는 그 자선 행사가 어디에서 개최되는지 지금은 알 수 없지만, 언젠가는 알게 되리라고 생각했다.

9

하드버러 초등학교의 일레븐플러스 채점은 평소에 치르는 시험의 경우와 달랐다. 말하자면 수업이 끝나고 학생들이 모두 돌아간 뒤 교장인 트레일 혼자 채점하지 않고, 답안지를 색스포드타이 초등학교 것과 맞바꾸어서 채점했다. 이렇게 하면 작은 마을이지만 어느 곳 못지않게 감시의 눈이 삼엄한 하드버러에서 시험의 공정성을 확보할 수 있었다. 또 트레일 교장의 말대로 채점이 끝나고 겪는 심적 고통을 겪지 않아도 되었다. 하지만 아이들에게 시험 결과를 통보하는 방법은 결코 세심하다고 할 수 없었다. 플린트마켓 그래머스쿨 합격통지서는 고급스러운 흰 서류 봉투에, 공업학교는 흔해 빠진 싯누런 봉투에 담겼다. 따라서 시험 결과가 발표되는 여름날 아침 최종 학년 학생은 학교에 도착해 교실에 들어가자마자 자기 책상에 놓인 봉투를 보고 자신의 운명을 알게 되었다. 물론 교실에 있는 다른 학생들도 마찬가지였다.

하드버러에서 태어나고 자란 아이들은 먼 훗날 스스로의 인생을 돌아볼 때 책상 위에 놓인 봉투를 본 순간을 떠올릴 것이다. 대부분 그 봉투만큼 자신의 운명을 좌우한 것은 없었고, 그 순간만큼 고통스러운 적은 없었다고 회고하리라. 시험 결과를 발표하는 날 날씨는 화창했다. 광장은 온통 가시금작화로 노랗게 물들어 있었다. 여름이 교실 안까지 깊숙이 발을 들여놓고 있었다. 학생들은 선생님의 지시로 저학년 생물 시간에 쓰는 갖가지 재료를 가져왔다. 하얀 장구채꽃과 빨간 들장미와 분홍빛 끈끈이대나물꽃 등이 잼 담는 병에 꽂혀 있었다. 교탁에는 풀잎이 어지럽게 흩어져 있었고, 창가의 유리 어항에는 장어 한 마리가 옹색하게 헤엄치고 있었다.

운명이 결정되는 데는 일 분도 채 걸리지 않았다. 크리스틴은 맨 마지막으로 교실에 들어왔다. 그러고는 봉투를 본 순간 좋지 않은 예감이 들어맞았다는 걸 알았다. 책상 위에는 싯누런 봉투가 놓여 있었다.

*

    기핑 부인이 올드하우스 서점에 찾아왔다. 신문에 날 만한 일이었다. 기핑 부인은 하루도 쉬는 날 없이 바쁜 사람이라서 특별한 일이라면 모를까 그렇지 않으면 어디든 방문하는 법이 없었다. 플로렌스는 기핑 부인이 찾아온 이유를 듣지 않고도 본능적으로 알아챘다. 크리스틴을 더는 아르바이트에 보내지 않겠다고 말하러 온 게 틀림없었다. 플로렌스는 부인의 말을 들을 필요도, 왜 왔느냐고 물을 필요도 없다고 생각하며 함께 부엌으로 가서 앉았다. 올해 처음으로 찾아온 관광객들의 말소리가 바다 쪽에서 들려올 뿐, 영업이 끝난 서점은 조용했다.

    "오늘은 래퍼가 소란을 피우지 않네요. 시도 때도 없이 나타나는 건 시간 낭비라고 생각했나 봐요."

    기핑 부인이 말했다.

    "요즘은 좀 조용해요."

    플로렌스는 페포호박을 떠올리고 모처럼 만났으니 뭐라도 마시자고 제안했다.

    "체리브랜디 어때요? 늦은 오후라도 낮이라서 술 마신 적은 없는데 오늘만큼은 예외로 하고 싶어요."

플로렌스는 작은 잔 두 개와 체리브랜디 병을 꺼내 들었다. 대담하게도 가운데가 잘록하게 들어간 데다 독특한 무늬가 새겨진 술병은 마치 특별한 날에만 마시라고 요구하는 듯 보였다.

"교회 자선 행사에서 추첨 경품으로 받은 것 같은데요? 3년 전부터 경품으로 내걸었는데 그 뒤로 한동안 당첨자가 나오지 않은 걸로 알고 있어요. 당첨자가 나왔을 때는 목사님도 아깝다고 생각하지 않았을까요?"

기핑 부인이 말했다.

그런 술인 만큼 행운을 가져다주지 않을까 싶었다. 두 여자는 새빨간 데다 어딘지 모르게 농염한 분위기를 풍기는 술을 한 모금씩 마셨다.

"이 술 찰스 황태자가 즐겨 마신다고 들었어요."

기핑 부인이 잔을 바라보며 말했다.

"아직 미성년자 아닌가요?"

플로렌스는 손님을 접대하는 입장인 만큼 자기가 먼저 말을 꺼내야 한다고 생각했다

"크리스틴 소식 듣고 정말 안타까웠어요."

"우리 아이들 가운데 그래머스쿨에 가지 못한 아이는 크리스틴이 처음이에요. 솔직히 사형 선고를 받은 기분이었

죠. 공업학교가 나쁜 건 아니지만 이만저만 실망한 게 아닙니다. 그 아이에게 화이트칼라 남자를 만나 결혼할 기회가 있을까요? 일용직 노동자 아니면 최악의 경우 백수나 다름없는 남자를 만나 사는 건 아닌지 싶어요. 그린 부인, 그 아이는 죽기 직전까지 손에 물이 마를 날이 없을 거예요.”

플로렌스는 마음이 아팠다. 무슨 말을 할까 생각하던 중 그녀의 머리에 문득 윌리가 떠올랐다. 윌리는 지난 1년 동안 그래머스쿨에서 공부했는데, 여자친구가 생겼느냐는 플로렌스의 질문에 웃으면서 그 여자아이도 그래머스쿨 학생이며 최근에 자기가 수영을 가르쳐주고 있다고 말했다.

“크리스틴은 두뇌 회전이 빠른 데다 재주 있는 아이예요. 음악에 재능도 있고요.”

플로렌스는 기핑 부인의 어두운 표정이 조금이라도 밝아지기를 기대하며 그렇게 말했다. 그러고는 살로메 역을 맡았던 크리스틴이 헤롯 왕 궁전에서 춤추는 모습을 떠올리며 이렇게 덧붙였다.

“어디에서 공부하든 크리스틴은 인생을 멋지게 살 아이예요.”

“우리 가족 가운데 그린 부인을 원망하는 사람은 아무도 없다는 말을 하려고 왔어요. 여기서 아르바이트만 하지 않았어도 크리스틴은 그래머스쿨에 합격했을 거란 생각 따위 하지 않아요. 우리 가족 아무도 그런 생각하지 않죠. 오히려 이곳에서의 아르바이트 경험이 살아가는 데 강점이 될 수도 있다고 생각해요. 경험만큼 중요한 건 없으니까요. 어중간한 학교를 나온 애들이 입을 모아 하는 말이 있어요. 경험 없다고 뽑아주지 않으면 자기들은 어디서 경험을 쌓아야 하느냐는 말이 그거죠. 크리스틴의 경우 나중에 추천장이 필요한 곳에 간다면 이 서점에 부탁할 수 있지 않나 싶어요. 그 아이에게도 그렇게 일러둘게요."

"당연하죠. 그럴 일 있으면 언제든지 말씀해주세요."

"그 아이, 공업학교에 들어가도 용돈벌이는 계속 하고 싶어하는 것 같아요."

"저도 그럴 거라고 생각해요."

"아르바이트 자리를 좀 알아봤어요. 색스포드타이에 새로 문을 연 서점이 있더라고요. 토요일 하루만이라도 거기서 일하게 될 수 있지 않을까 싶어요."

기핑 부인의 말투는 냉정하면서도 열의에 차 있었다. 기핑 부인은 그 말을 하자마자 체리브랜디가 담긴 잔을 단숨에 비웠다. 작은 잔에 담긴 술은 단숨에 마셔야 풍미를 제대로 알 수 있다는 듯이.

"교회에서 주는 술이니까 이러니저러니 불평하면 안 되겠지만 솔직히 너무 다네요."

기핑 부인이 돌아간 뒤 플로렌스는 더는 차고로 쓰지 않는 해안 경비대 옆 보트 보관소에서 차를 빼내 색스포드타이로 향했다. 그곳에 도착해서는 큰길에 차를 세워두고 한동안 노을 속을 걸었다. 사실이었다. '워시포드 암스'라는 세련된 레스토랑 옆, 이른바 목이 좋은 곳에 서점이 들어서 있었다.

최근에 문을 열었다고 했으므로 플로렌스 가게 매출에 별다른 영향을 주지는 않았을 것이다. 얼마 전부터 플로렌스의 기분을 계속 뒤숭숭하게 들추더니 어느 틈에 마음속 깊이 파고 들어와 스스로의 존재를 주장하는 것이 있었다. 바로 최신 시산표였다. 파운드와 실링과 펜스라는 개별 화폐 단위가 세 종류의 위협으로 플로렌스를 압박했다. 매입; 95파운드 10실링 6펜스 (너무 많음), 현금 판매; 62파운드 10실링 11펜스 3파딩, 인건비; 12실링 6펜스, 반품; 2파운드 17실링 6펜스, 현금; 102파운드 4펜스, 주가(7월 31일 시점에서); 600파운드, 소액 현금; 파악 불가능.

올해 관광객들은 좀처럼 지갑을 열지 않았다. 어쩌면 책에만 돈을 쓰지 않았을지도 모른다. 그나저나 앞으로 관광객들이 하드버러에 오는 길에 색스포드타이에 들르면 올드하우스 서점 매출은 지금보다 더 줄어들 터였다.

플로렌스는 당연히 알 턱이 없었지만, 색스포드타이 서점은 플로렌스처럼 개인이 운영하는 서점이 아니었다. 그 가게는 1년도 더 전에 펜스의 성에서 나와 가맛 부인이 주최한 파티에 참석했던 세상 물정 모르는 고스필드 경이 어느 투자 은행에 경영을 위임한 식으로 돌아가고 있었다. 그 파티 이후 고스필드 경이 아는 사람들 대부분은 소유만 하고 사용하지 않던 빈집을 휴가 기간에 대여하는 별장으로 개조하려는 움직임을 보였다. 색스포드타이의 대지주인 고스필드 경도 늦게나마 그렇게 하려고 시도했으나 현실적으로 타산이 맞지 않다는 사실이 명백하게 드러났다. 무엇보다 색스포드타이에서 휴가를 보내려는 사람이 없었기 때문이다. 군데군데 을씨년스럽게 서 있는 곡물 저장고와 뿌리채소류가 심어진 드넓은 밭으로 둘러싸인 마을은 관광지의 핵심이 될 멋진 교회 하나 없었다. 서퍽주의 다른 마을에는 그림처럼 아름다운 교회가 적어도 하나씩은 있는데 말이다. 처음부터 색스포드타이에 교회가 없었던 것은 아니었다. 1925년에 사탕무보조금법안이 의회에서 통과되자 그동안 시름에 잠겨 있던 마을 사람들을 위로하기 위해 교회에서 축하 파티를 열었다. 그런데 누군가의 실수로 교회가 그만 전소되고 말았다. 그나마 그 뒤로 간선도로가 생긴 덕에 마차가 드나들던 마당이 두 곳이나 딸린 워시포드 암스는 자동차로 하드버러나 야머스로 가는 관광객들의 중간 휴식처로 자리 잡았다. 주변의 오래된 건물도 하나둘씩 가게로 탈바꿈했다. 고스필드 경은 총명한 여자로 평가받는 바이올렛 가맛이 서점에 대해 언급한 일을 어렴풋이 떠올렸다. 그러고는 자신의 성과 별장 정원을 관리하는 사내를 불러 서점을 운영하는 것이 어떤지 의견을 물었다. 고용주보다 머리가 훨씬 좋은 관리인은 주조업을 하는 사람들을 꼬드겨 헐값에 땅을 매입하고, 두 다리 쭉 뻗고 쉬려는 관광객들이 레스토랑에 딸린 깔끔한 화장실로 가는 중간쯤에 새로 들어선 서점을 훤히 들여다볼 수 있도록 건물을 설계했다. 그러고는 창가에 황동으로 만든 말 동상과 사탕무를 본뜬 재떨이 이외에 플로렌스는 엄두도 내지 못할 만한 종류의 소설을 진열해놓았다. 서점은 저녁 6시 반이나 되었는데도 영업하고 있었다. 이곳에서라면 크리스틴이 더 활기차게 일할 수 있을 것 같았다.

*

"크리스틴, 헤어져서 참 아쉽구나. 작별 선물로 뭘 줄까 고민하던 참인데 가지고 싶은 거 있니?"

"여기 있는 책만 아니면 돼요. 책 같은 건 저한테 쓸모가 없거든요."

"그럼 뭐가 좋을까? 내일 플린트마켓에 갈 건데, 카디건 은 어때?"

"현금이 좋겠어요."

크리스틴의 말에는 가시가 돋쳐 있었다. 상대방에게 상처 주는 게 스트레스를 해소할 유일한 방법인 모양이었다. 크 리스틴의 분노는 책과 관련 있고 독서를 좋아하고 글을 좀 잘 쓰면 성공할 수 있다고 말하며 예술품을 보고 가타부타 평가하는 사람들을 향해 있었다. 아니, 크리스틴은 모든 사 람을 증오했다. 크리스틴의 마음을 이해하려 애쓰며 시험을 잘 치러서 가고 싶은 학교에 꼭 합격하기를 바랐던 그린 부 인도 다른 사람과 별반 다를 게 없었다. 크리스틴은 어른이 라도 사람에 따라 다르다는 걸 믿으려 하지 않았다.

"저녁에 시간 되면 놀러 와."

"놀러 다닐 시간 없을 것 같은데요."

"스쿨버스는 5시에 도착하지 않니? 네가 타고 있는지 봐 도 될까?"

"너무 무리하지 마세요. 마흔 넘어 무리하면 건강에 안 좋대요."

부정할 수 없는 말이었다. 플로렌스는 자신이 최근 이상 행동을 한다는 걸 깨달았다. 일을 지나치게 많이 해서거나 나이가 들어서거나 독신 생활의 외로움에서 그럴 수도 있겠다 싶었다. 가령 편지를 받으면 보통 사람들처럼 봉투를 뜯어 보낸 사람을 확인하면 될 것을 우체국 소인만 뚫어져라 바라보면서 누가 보냈는지 추측하는 데 시간을 허비하곤 했다.

그나마 편지를 받는 횟수도 눈에 띄게 줄어들었다. 이는 서점 매출이 줄어들고 있는 것과 관련 있었다. 큰돈은 아니지만 가뭄에 단비 같은 역할을 했던 도서 대여도 그만두었다. 하드버러 최초로 공공도서관이 들어섰기 때문이다. 마을에서 몇 년에 걸쳐 도서관 건립을 주 의회에 요청한 결과였다. 도서관 건립을 추진하라고 주 의회에 압력을 넣은 사람이 있다는 소문은 들었지만 누구인지 구체적으로 알 수는 없었다. 아무튼 새로 들어선 도서관은 마을의 자랑거리가 될 만한 문화 시설이었다. 다행히 부지 선정도 쉽게 이루어졌다. 데븐 생선가게가 있던 땅이었다.

래퍼가 소란을 피우는 횟수는 크게 줄어들었다. 그런데

플로렌스가 최근에 시간과 정성을 들여 작성한 장부가 바닥에 뒤집혀 있었다. 게다가 내팽개친 듯 종이가 마구 구겨졌고, 여기저기 낙서한 탓에 적어 놓은 글씨를 알아볼 수 없을 정도였다. 아이비 웰포드가 장부를 보고 놀란 표정을 지었을 때 플로렌스는 어떤 표정을 지어야 할지 난감했다. 아이비는 회사에서 승진했다며 앞으로 올드하우스 서점 장부를 볼 시간이 없으므로 다른 방법을 찾아보라고 말했다. 그지 없이 냉담한 말투에는 로다 양장점 주인의 감정이 듬뿍 배어 있었다. 아이비가 돌아갈 즈음 두고 간 물건이 없는지 확인할 때에서야 그 말투가 조금 누그러졌다.

"아시겠지만, 제 일은 업무 내용을 체크하는 거예요. 그렇기 때문에 제가 다른 방면의 조언을 한 건 회계 일을 전문으로 하는 프로로서 적절치 못한 행동……."

"조언을 받을 만한 사람이니까 했겠죠. 그렇게 말하니까 오히려 내가 미안하네요."

플로렌스는 그렇게 말하며 자만심에 빠진 젊은 여자가 차분한 몸놀림으로 레인코트를 걸치는 모습을 바라보았다.

"이제 제 할 일은 모두 끝났네요. 여기에 두고 간 물건만 없으면 앞으로 올 일이 없겠군요. 예전에 아버지가 자주 이런 말씀을 하셨어요. 힘들 때는 성경에 나오는 요나를 떠올리라고요. 물고기 배에서 무사히 빠져나온 요나 말이에요."

아이비는 옆의 로다 양장점에서 저녁을 먹기로 했다며 서점을 나갔다. 플로렌스는 자신이 아이비의 뇌리에 폭풍이 몰아치는 바다에 버려진 요나 같은 이미지로 각인되어 있을 거라고 생각했다. 하지만 아직 할 일이 남아 있었다. 봄맞이 대청소와 우편으로 책을 보낼 고객 명단을 정리해야 했다. 전에는 출판사 영업 직원이 수동 인쇄기로 간단히 작업해 주었지만, 지금은 그 직원과 거래하지 않으므로 플로렌스가 직접 할 수밖에 없었다.

"플로렌스 씨는 지나치게 열심히 일하는군요."

마일로가 서점에 들어서자마자 말했다.

"그냥 집중하려는 거예요. 그쪽 책 좀 밑에다 내려놔 주실래요? 방금 도착한 거라서 아직 확인하지 못했거든요. 저는요, 가진 걸 전부 쏟아부었으니까 반드시 성공할 거예요."

"나로선 도무지 이해를 못하겠네요. 어차피 마지막 순간엔 가진 걸 몽땅 내려놔야 하잖아요. 죽음은 끝이니까요. 전부 쏟아부어서 성공하는 거랑 죽는 게 뭐가 다른가 싶네요."

"노스 씨처럼 아직 젊은 사람이 죽음에 대해 생각하는 건 너무 이르지 않나요."

마일로가 자꾸 말을 붙이므로 플로렌스로서는 겉치레 말

이라도 해야 할 것 같았다.

"그럴지도 모르죠. 그런데 캐티가 곧 죽을 것 같다는 생각
이 들어요. 캐티는 에너지를 지나치게 낭비하는 타입이거든
요."

일주일에 겨우 사흘 근무하는데 에너지를 지나치게 낭비
한다고? 플로렌스는 코웃음을 치고 싶었다.

"캐티는 잘 지내요?"

"모르겠어요. 사실은 캐티, 집 나갔어요. 완타지에서 산다
더라고요. 야외 방송을 담당하는 남자랑요. 플로렌스 씨만
알고 있어요."

"노스 씨 성격상 이미 하드버러 사람들에게 말하고 다녔
을 것 같은데요. 이야기를 들어줄 만한 사람이다 싶으면 앞
뒤 가리지 않고 말하잖아요."

"그럴지도 모르지만 그런 부인에게만은 꼭 말하고 싶었
어요. 이제 여유 시간이 좀 생겼기 때문에 여기서 아르바이
트를 할 수 있을 것 같아요. 그 여자애가 아르바이트 그만둬
서 불편하지요?"

플로렌스는 상대방의 기세에 눌릴까 봐 신경을 바짝 곤두
세웠다.

"크리스틴은 여기서 일하면서 많은 걸 배웠어요. 그만큼

발전도 했고요. 크리스틴은 무엇보다 손님을 정중하게 대했죠."

"제가 더 정중하게 대할 겁니다. 그 여자애가 바이올렛 가맛 부인을 때렸다고 하던데요? 저는 그럴 일 없으니까 걱정하지 마세요. 아르바이트비는 얼마를 주나요?"

"크리스틴한테는 일주일에 12실링 6펜스를 줬어요. 상대가 누구든 지금은 그것보다 많이 주기 힘들어요."

플로렌스는 이 정도로 말하면 마일로가 순순히 물러날 줄 알았다. 그녀는 그에게 호감을 느끼고 있었지만 함께 일하고 싶지는 않았다. 쉐퍼드부시의 BBC 텔레비전 방송국에서 근무하는 직원들이 플로렌스와 마일로 같다면, 여러 면에서 맞지 않아 일이 제대로 진척되지 않을 뿐더러 서로 상대방을 설득하느라 많은 시간을 허비할 터였다.

"서점 일에 관심 있다면 2, 3주간 오후에 나와서 일해보실래요? 군이 12실링 6펜스가 필요 없다면 해난 구조선이나 해안 경비대 모금함에 넣으시고요. 제가 정식으로 부탁하는 건 아니니까 오해하지 마세요. 이건 어디까지나 노스 씨 당신이 원한 일이에요."

플로렌스는 밀러 서점에서 근무할 때 마일로처럼 끈적끈적 달라붙는 사람을 '끈끈이'라고 불렀던 사실을 떠올렸다.

＊

다시 의회가 열리자 롱워시 지역 국회의원이 제출한 개별 법안이 세 번째 심의를 통과해 상원에 회부되었다. 이번은 지난번보다 주목도가 훨씬 낮았다. 법안은 국민 명의로 제출되었지만 누구 한 사람 수정조항에 눈길도 주지 않았다. 수정조항 중 하나를 보면 현재 거주자가 있어도 과거 5년 이상 아무도 살지 않고 방치된 건물의 경우 강제로 매입할 수 있다는 내용이었다. 가맷 부인의 조카는 의회의 의안 입안자가 도와준 덕에 법안을 작성할 수 있었다. 다만 각 조항 담당자가 누구인지는 명기되어 있지 않았다.

＊

올드하우스 서점을 돕는 마일로를 보고 사람들은 젊은이가 무척 친절하다고 생각했다. 마을 사람들이 보기에도 서점은 운영 면에서 순조롭지 못한 것 같았다. 플로렌스는 새로 주문한 책이 도착했는지 어떤지 확인하기 위해 이따금 플린트마켓까지 차를 몰고 나갔다. 그런 날이면 마일로는 곧바로 서점 문을 닫고 창문을 통해 들어오는 따뜻한 햇볕

아래로 의자를 옮겨다 놓고 느긋한 시간을 즐겼다. 그 모습을 마을 사람 몇몇이 목격했지만, 가게에 손님이 없으므로 마일로를 비난하지는 않았다. 마일로는 늘 시집이나 그와 비슷한 책을 펼쳐 들었다.

마일로는 걸핏하면 뒤편에 있는 부엌 문단속을 깜빡 잊곤 했다. 어느 날 새 교복을 입은 크리스틴이 몰래 서점에 들어와서 발소리를 죽이고 마일로에게 접근했다.

오, 눈부신 사람이여!
그대의 사랑을 내게 쏟아부어 주오.
오늘 밤, 아니면 내일 밤이라도
하얗게 몸을 감싼 정원사가 나타나 꽃을 꺾으리.
하지만 그 꽃은 시들고 말지니, 크리스틴.

"일 좀 제대로 하세요, 아저씨."
크리스틴이 말했다.
"학교에서 버르장머리 없는 인사법을 가르쳐주는 모양이구나."
크리스틴이 살짝 얼굴을 붉혔다.
"아저씨 같은 사람이랑 농담 따먹기나 하려고 온 거 아니에요."

지난번 매정하게 대한 일로 찜찜한 나머지 서점에 들른 크리스틴은 플로렌스가 없는 걸 알고 실망스러운 표정을 지었다. 크리스틴은 이참에 플로렌스의 기운을 조금이라도 북돋아주고 싶었다. 또 플로렌스에게 받은 돈으로 구입한 카디건도 보여주고 싶었다. 목까지 단추를 잠글 수 있도록 되어 있는 카디건은 한눈에도 무척 세련되어 보였다.

"왜 그린 부인을 안 도와주는 거지? 그린 부인이 몹시 외로워하는 것 같던데."

마일로가 말했다.

"그래서 아저씨가 와 있는 거잖아요. 매일 오지 않나요?"

크리스틴은 그렇게 말하고 무언가 할 말이 더 있는 것처럼 잠시 머뭇거린 끝에 독백하듯 내뱉었다.

"이 서점 오래 못 갈 것 같대요."

"누가 그래?"

"올드하우스를 다른 용도로 쓰려고 하나 봐요."

"어디서 그런 소리를 들었어? 그리고 그런 걸 왜 네가 신경 쓰지?"

"그린 부인이 이 건물을 포기해야 하나 봐요. 포기하지 않으면 주 재판소에 가야 한댔어요. 그리고 거기서 그린 부인은 진실만을 말하겠다고 선서해야 한다고도 했고요."

"그렇게 되지 않기를 바라자."

크리스틴은 자기가 여전히 올드하우스 서점의 아르바이트생이라고 생각하는 듯 먼지부터 털어야겠다고 투덜거리며 이곳저곳 먼지를 털었다. 그러고는 가게 안을 돌며 선반에 진열된 책을 손님의 시선으로 바라보았다.

"이런 건 팔리지 않는 책이랑 같이 꽂아두면 안 돼요."

크리스틴이 『간추린 옥스퍼드 영어사전』 두 권을 빼 들고 말했다.

"사전도 살 사람 없잖아."

"그래도 팔리지 않는 책은 아니에요. 사전은 서점에 꼭 있어야 하는 책이라고요. 그래서 잘 보여야 한단 말이에요."

서점에서 크리스틴이 더 할 만한 일은 없었다. 하루가 끝나가는데도 마무리 지을 일도 없었다.

"이 가게 그렇게 나쁘지 않아요. 습기가 심하고 래퍼가 언제 날뛸지 모른다는 점만 빼면요.

"그래, 그렇게 나쁘지 않아. 나쁘면 나도 안 왔을 거야."

"그런데 여기서 몇 시까지 앉아 있을 거예요?"

"글쎄, 오래 앉아 있을 기운도 없구나."

"의자에서 일어나 밖으로 나갈 기운도 없어 보이네요."

크리스틴은 마일로를 경멸하는 듯 말하면서도 싫지 않은 표정이었다. 그녀는 마일로를 바라보며 정원이 딸린 자그마한 집으로 이사해서 채소를 가꾸며 살면 기운이 날 사람이라고 생각했다. 순무를 두 줄 정도 가꾸는 것만으로도 충분해 보였다.

"제가 아르바이트했을 때는 아저씨처럼 그렇게 한가하게 앉아 있을 시간이 없었어요."

"그야 당연하지 않니? 너는 어린아이 아니면 여자야. 그런데 어느 쪽이든 쉴 줄을 몰라. 적당히 쉴 줄도 알아야 하는데 말이야."

"적당히 쉰 것 같으니 제발 일 좀 하세요, 아저씨."

크리스틴이 말했다.

10

1960년, 화창한 날씨가 줄곧 이어진 여름이 끝나고 예년
보다 일찍 추위가 찾아왔다. 10월이 되자 기운 없는 얼굴에
연신 기침을 해대는 소들을 보고 레이븐은 비관적인 말을
입에 담곤 했다. 이른 아침의 짙은 안개는 소들의 무릎까지
차올랐다. 그래서 마치 소들이 땅에서 떨어져 안개 위에 붕
떠 있는 것처럼 보였다. 누군가가 근처를 지나가면 소들은
커다란 귀를 살짝 뒤로 젖히고 흰 김을 연거푸 내쉬며 한참
동안 바라보았다.

안개는 정오 무렵까지 걷히지 않다가 잠깐 엷어지는 듯하
더니 오후 4시부터 다시 짙어졌다. 다음 날도 안개가 자욱했
다. 이런 날에 브런디시 씨가 외출하는 것은 상상도 못할 일

이었다. 조용하기만 한 홀트하우스에서 브런디시 씨는 천천히 외출 준비를 했다. 10시 45분, 그는 거울에 비친 자신의 모습을 보고 놀기 좋아하는 건달 같다고 생각했다. 브런디시 씨는 모피 깃이 달린 코트를 걸치고 최근 유행하는 모자보다 머리를 감싸는 크라운이 조금 높은 회색 홈부르크 해트*를 썼다. 하드버러 주민들은 가을이 되면 양털 머플러만 두르지만, 브런디시 씨는 코트 위에 머플러를 두르고 단정하게 여몄다. 그러고는 현관홀에 놓인 여러 개의 지팡이 가운데 하나를 골라 손에 쥐었다.

브런디시 씨는 안개 속에서 모자와 몸의 4분의 3만을 내놓고 이따금 숨넘어갈 듯 기침을 심하게 하면서 몸을 앞으로 굽히곤 했다. 그러면서 힘겹게 로프워크에서부터 쉽워크를 지나 앤슨 거리로 향했다. 창문을 통해 브런디시 씨를 본 마을 주민들은 그가 병원에 가거나, 더 놀랍게도 교회에 가는 길일 거라고 짐작했다. 브런디시 씨는 몇 년 전부터 예배에 참석하지 않았다. 아무튼 사람들이 보기에 그는 얼굴색이 유난히 좋지 않고 몸 상태도 아주 나쁜 것 같았다. 하지만 표정은 무척 평온해 보였다.

---

* 정장 복장을 위한 신사용 중절모.

그가 가는 곳이 병원이나 교회가 아니면 가맛 부부가 사는 스테드일 터였다. 사람들이 그럴 거라고 여기면서도 그럴 리 없다고 생각하는 사이 브런디시 씨는 스테드의 돌계단을 힘겹게 오르고 있었다. 이윽고 그는 안개 속에서 희미하게 보이는 초인종 버튼을 눌렀다.

가맛 부인은 아침 일과인 일기를 쓰고 있었다. 부인이 '수요일, 10월치고 음침한 날씨다. 등수국이 시들시들하다'라고 썼을 때 초인종이 울렸다. 부인은 그 소리를 듣고 일기 쓰는 걸 방해받았다는 생각 따위 전혀 하지 않는 듯 편안한 표정으로 자리에서 일어나서야 방문객의 정체를 알게 되었다. 홀트하우스를 나온 브런디시 씨를 지켜본 하드버러 주민들과 마찬가지로 부인 또한 의구심을 품었다. 하지만 크게 놀라지는 않았다. 가사 일을 돕는 소녀만 현관으로 달려갔다가 나무가 걸어오는 걸 본 듯 놀라서 입을 다물 줄 몰랐다.

왠지 모르게 짜증 나는 노인이지만 브런디시 씨가 직접 찾아온 것은 가맛 부인에게 아주 특별한 사건이었다. 지난 몇 세기에 걸쳐 사람들로 북적였던 서퍽주가 조용한 가운데 조심성 있는 현재의 모습으로 변했듯 브런디시 씨의 방문은 부인에게 있어서 시간과 공간이 새롭게 바뀌는 것을 의미했다. 부인은 이 마을에 온 뒤로 브런디시 씨를 초대하려고 몇 번이나 시도했지만, 그때마다 몸이 좋지 않다는 이유로 거절당했다. 그런데 홀트하우스에서는 이따금 몇몇 사람이 모이고 있었다. 가맛 부인은 직접 보지 않았지만, 그 모임을 의심할 여지 없는 사실로 받아들였다. 숙박을 겸한 모임으로 브런디시 씨의 오랜 친구들이 이스트앵글리아 같은 외진 곳에서도 찾아오는 모양이었다. 그리고 남자들만 모이는 것 같았다. 가맛 부인은 그린 부인이 홀트하우스에 초대받았다는 말도 들었지만 믿지는 않았다. 당연한 일이지만 부인의 남편 가맛 장군이 초대된 적은 단 한 번도 없었다. 그럼에도 장군은 남자끼리의 단결심을 과시하듯 브런디시 씨가 썩 괜찮은 인물이라고 주장했다. 가맛 부인은 아무런 근거도 내놓지 않은 남편의 주장에 빈정상한 나머지 침묵으로 맞섰다.

아무튼 지금 문제의 브런디시 씨가 찾아왔다. 그는 안으로 들어오면서 실례한다는 말 한마디 하지 않았다. 브런디시 씨가 젊었을 무렵에는 오전 11시쯤에 다른 사람 집을 방문하는 게 예의에 크게 어긋나는 일이 아니었기 때문인지도 몰랐다. 브런디시 씨는 2, 3분 머물며 아름다운 현관홀을 감상하는 척도 하지 않았다. 몸 상태가 좋지 않은 것도 굳이 숨기려 하지 않았다. 그는 계단 손잡이를 붙잡고 거친 호흡을 가다듬다가 지팡이를 놓쳤다. 지팡이는 탁 소리를 내며 반짝거리는 바닥에 떨어졌고, 브런디시 씨는 아무렇지 않은 표정으로 이렇게 말했다.

"지팡이는 나중에 줍겠습니다. 지팡이를 어디에 뒀는지 모를 정도로 기억력이 쇠하지 않았습니다. 아직은 말입니다."

가맛 부인은 브런디시 씨를 응접실로 안내하는 편이 좋을 거라고 판단했다. 넓은 프랑스식 창문 너머에는 육지와 마찬가지로 안개에 휩싸인 바다가 펼쳐져 있었다. 두 사람은 각자 자리에 앉았다. 브런디시 씨는 자신의 건강 상태에 대해 더는 말하지 않고 찾아온 용건을 곧바로 꺼냈다.

"부탁이 있어서 왔습니다. 제가 하는 말이 예의 바른 표현인지 모르겠습니다. 안 쓴 지 오래돼서인지 어떻게 표현하는 게 예의 바른지 생각나지 않네요. 제가 하는 질문이 거북하면 그렇다고 말씀해주세요. 남편분과 이야기를 나눈 뒤 대답해주셔도 괜찮습니다."

가맛 부인은 어떤 상황에서든 남편이 나설 일은 절대로 없을 거라고 생각했다. 브런디시 씨는 집중력이 약해진 듯 꽤 오랫동안 눈을 감은 채 아무 말도 하지 않았다. 그런 데다 그의 얼굴은 불길하게 흙빛을 띠었다. 마치 바닷물에 표백

된 것 같았다. 브런디시 씨는 시간이 한참 지나서야 천천히 입을 열었다.

"의식이 가물가물해지는 건 아주 신기한 현상 같습니다. 저 자신이 올바로 행동하는지 어떤지 솔직히 잘 모르겠군요. 뭐랄까, 텅 빈 것 같은 느낌입니다. 예전에 의식을 잃었을 때 어땠는지도 기억나지 않아요. 죄송하지만, 마실 것 좀 주시겠습니까?"

브런디시 씨는 큰 소리로 마실 걸 요구했다. 그러고는 똑같이 큰 소리로 계속해서 말했다.

"이왕이면 브랜디가 좋겠네요."

가맛 부인은 몸 상태가 좋지 않은 남자를 당혹스러운 눈빛으로 바라보았다. 그가 발작을 일으킨다고 해도 그녀가 할 수 있는 일은 의사에게 전화하는 것뿐이었다. 집에 있는 아무나 불러서 빨리 병원으로 옮기라고 할 수도 있을 터였다. 그렇게만 해도 브런디시 씨는 고마워할 것이다. 남의 집에서 건강이 나빠지면 그것만큼 신세 지는 일도 없으리라. 하지만 상대는 브런디시 씨였다. 가맛 부인은 그가 고마움을 모르는 사람일 수 있다고 생각했다. 그런데 아무리 생각해도 이상했다. 브런디시 씨는 몸 상태가 좋지 않은 것을 호소하기 위해 안개 자욱한 날에 홀트하우스를 나올 만한 사람이 결코 아니었다. 혹시 16년 동안 냉담한 태도로 일관한 점을 사과하러 느닷없이 찾아온 건 아닐까? 어쨌든 가맛 부인은 술 대신 다른 음료를 권하는 편이 좋겠다고 판단했다.

"커피를 마시는 게 어떨까 싶네요."

브런디시 씨는 공기를 잡으려는 듯 양손을 쥐었다 폈다 했다. 그런 동작에서도 묘한 품격이 느껴졌다.

"플로렌스 그린 씨를 내버려두세요."

브런디시 씨가 뜬금없이 말했다.

가맛 부인은 당황한 나머지 눈을 동그랗게 떴다.

"그린 부인의 부탁으로 오신 건가요?"

"아닙니다. 그 사람은 그 나이에도 불구하고 서점을 계속 운영하고 싶어 합니다."

"그린 부인에게 뭔가 법적인 문제가 있다면 변호사와 이야기를 나누겠지요. 최근에 고문 변호사를 바꿨다고 들었습니다."

"왜 플로렌스 그린 씨를 그 건물에서 내쫓으려고 합니까? 저도 오래된 집에서 살아 봐서 아는데, 얼마나 불편한지 모릅니다. 그 건물은 외풍이 심하고 2순위 근저당 설정도 안 될 뿐더러 유령까지 출몰합니다."

이런 이야기라면 말 잘하고 경험 풍부한 가맛 부인이 유리할 게 뻔했다.

"브런디시 씨는 이 마을의 발전과 전통을 중요하게 생각하시는 분입니다. 그렇다면 역사적 가치가 있는 건물을 좀 더 유의미한 용도로 써야 한다고 생각지 않으세요?"

이 대목에서 부인은 잘못 판단했다. 브런디시 씨 입장에서 마을의 발전과 전통 따위 어찌 되든 상관없었다. 어떤 의미에서 하드버러는 브런디시 씨 자신이나 마찬가지였다. 그는 자신에게 그렇듯 하드버러에 대해 걱정하거나 신경 쓰지 않았다.

"오래된 것과 역사적 가치를 동일시할 수는 없습니다. 그 둘이 같다면 저나 댁이나 지금 가치 있는 사람이 되어 있어야겠지요."

가맛 부인은 앞에 앉은 방문객이 일정한 규칙에 따라 대화를 진행하려 한다고 판단했다. 부인은 거기에 말려들어서는 안 된다고 생각하고 여태까지와는 다른 방법으로 방어하기로 했다.

"다시 한번 말하겠습니다. 제 친구인 플로렌스 그린 씨를 그냥 내버려두시오. 아시겠습니까?"

브런디시 씨가 목소리를 높여 단호하게 말했다.

"댁의 친구분이 법률을 위반하고 있는 모양이에요. 제가 보기엔 한 번이 아닌 것 같더군요. 물론 제가 참견할 일은 아닙니다. 그럴 권리도 없고요. 그린 부인이 계속해서 서점을 운영하고 싶다면 무엇보다도 법률에 따라야겠지요. 안 그런가요?"

"1년 전까지만 해도 없었는데, 최근에 아무도 모르게 의회에서 통과된 그 법률을 말하는 겁니까? 그건 강제수용 명령이지요. 강제퇴거 명령이라고 해도 되겠군요. 그래요, 이게 더 정확한 표현이겠네요. 댁이 그랬나요? 끔찍이 아끼는 조카를 살살 꼬드겨서 그 개별 법안을 의회에 제출하도록 했느냐, 이 말입니다."

가맛 부인은 아무것도 모른다는 식의 비겁한 태도는 보이고 싶지 않았다.

"조카가 낸 법안이 그 서점에 영향을 주는 건 사실입니다. 법안에 '과거에 5년 이상 무인 상태였던 물건'이란 조항이 있으니까요. 올드하우스는 이 조항에 해당됩니다. 그것도 명백하게 말입니다."

'대체 이 정보를 어디서 어떻게 손에 넣었을까? 여간해서는 홀트하우스 밖으로 나오지 않는 사람인데……' 가맛 부인은 브런디시 씨가 눈과 귀를 움직이지 않은 채 무언가 보이지 않는 빨대 같은 물건으로 정보를 빨아들인 것은 아닐까 하고 생각했다.

"브런디시 씨, 법안 작성에는 다수의 정부 기관이 관련되어 있습니다. 저나……."

부인은 잠시 망설였다.

"댁 같은 보통 사람은 법안 작성을 어떻게 하는 줄도 모르잖아요. 저는 치안판사도 맡고 있지만 이런저런 행정 사무에 밝은 사람입니다. 그럼에도 불구하고 모르는 것투성이예요. 누구에게 어떤 서신을 보내야 하는지도 몰라 헤맨 적이 한두 번이 아니랍니다."

"저는 어떤 서신을 누구에게 보내야 하는지 잘 압니다. 지금까지 몇 년 동안 관련 정보를 수집하는 데 힘을 쏟지 않았더라면 수천만 제곱미터나 되는 습지대와 몇 군데 농지와 풍차 두 대를 진작에 빼앗겼을 겁니다. 한 가지 더 말씀드리지요. 올드하우스를 강제로 매입하려고 나서는 쪽은 플린트마켓 시의회일 겁니다. 1945년의 토지취득인가절차법, 1957년의 주택법, 그리고 댁의 조카가 수상쩍게 노력한 성과물이랄 수 있는 그 법률에 따른 절차대로 진행되겠지요. 시의회가 아직 절차를 밟고 있지 않다면 저희가 힘을 합쳐 시의회에 맞서야 합니다. 하지만 예정대로 행동에 나선다면 비공개 공청회를 통해서라도 정부의 조사관 앞에서 저희가 직접 요구해야겠지요."

바이올렛 가맛은 '저희'라는 말이 지닌 의미와 무게를 충분히 이해했고, 그런 만큼 브런디시 씨가 무엇을 노리는지 완벽하게 숙지했다. '동맹을 맺자는 이야기군. 홀트하우스와 스테드가 손잡고 서로 협력해 나가자는 것이지.' 바이올렛은 동맹을 맺는 대가로 브런디시 씨가 무엇을 요구할지 훤히 알면서도 그 제안을 거부할 수 없었다. 무언가 다른 방법이 필요했다. '그래, 시간을 끌면 되니까 고민할 필요 없어. 브런디시 씨는 다시금 나를 설득하기 위해 이곳에 또 올 테고, 나도 의논할 게 있다는 핑계를 대며 홀트하우스에 가는 거지. 브런디시 씨는 노쇠한 나머지 정신이 멀쩡하지 않기 때문에 전에 한 말을 잊어버리고 몇 번이나 이곳에 찾아올 거야. 내 입장에서는 손해 볼 게 하나도 없어. 오히려 얻을 게 많지.' 바이올렛은 당분간 브런디시 씨와 많은 것을 약속하지 않는 편이 좋겠다고 판단했다.

"가게를 이전할 경우엔 원만하게 진행할 방법이 있어요. 하드버러보다 큰 마을에 가면 임대 목적의 건물이 많거든요."

"그런 말을 하려는 게 아닙니다! 왜 제 말을 엉뚱한 쪽으로 왜곡하는 겁니까? 제가 그런 말이나 하려고 이 날씨에 여기까지 온 줄 아십니까?"

브런디시 씨는 앞에 앉은 여자가 바보 아니면 악마일 거라고 생각했다.

"글쎄요, 제가 어떻게 도움을 드려야 할지 모르겠네요."

"도움 줄 생각이 아예 없다는 말이군요."

바이올렛 가맛은 자기가 하고 싶은 말을 대신한 브런디시 씨를 힐끔 바라보았다. 그녀는 어색한 분위기를 부드럽게 누그러뜨려야 한다고 생각했다. 하지만 완곡하게 또는 솔직하게 말해도 효과는 없을 것 같았다. 말해봐야 브런디시 씨에게 속내를 간파당할 게 뻔했다. 바이올렛은 곰곰이 생각하다가 자신의 매력이 통하는지 알아보기로 했다. 앞뒤 꽉 막힌 고지식한 노인일지라도 호의적인 미소를 보이면 태도가 달라질 터였다. 바이올렛이 반짝이는 검은 눈동자와 함께 따뜻한 미소를 지어 보였을 때 태도가 변하지 않은 남자는 그때까지 단 한 사람도 없었다. 사회적으로 아주 중요한 위치에 있는 남자도 그녀의 미소 앞에서는 한껏 부드러워졌다.

"브런디시 씨, 그렇게 말씀하시면 섭섭해요. 방금 뭐라고 말씀하셨는지 아세요? 결국은 저한테 인정머리 없는 여자라고 말씀하신 거잖아요. 안 그런가요?"

브런디시 씨는 바이올렛 가맛이 '인정머리 없는 여자'인
지 아닌지 따져보는 듯 신중한 표정을 짓고 있었다. 마치 보
석을 쥐고 그 가치를 감정하는 사람 같았다.

"긍정도 수긍도 못하겠군요. 그런데 '인정머리 없다'는
말은 '정나미 떨어진다'는 뜻일 수도 있겠다는 생각이 듭니
다. 가맛 부인, 유감스럽게도 댁은 정나미 떨어지는 사람입
니다. 제 예상을 한 치도 벗어나지 않았어요."

브런디시 씨는 그렇게 말하고 괴로운 표정으로 자리에서
일어났다. 그러고는 현관홀에 놓인 가구를 연이어 잡고 천
천히 걸었다. 몇몇 가구는 그의 체중을 견디지 못해 기우뚱
거렸지만, 브런디시 씨는 아랑곳하지 않고 계속 걸어서 홈
부르크 해트를 쓰고는 스테드를 떠났다. 안개가 말끔히 걷
혀 하드버러 주민들은 브런디시 씨의 모습을 똑똑히 볼 수
있었다. 이윽고 큰길을 절반쯤 건넜을 무렵 브런디시 씨는
쓰러졌다. 그러고는 그 자리에서 숨을 거두었다.

*

마을 소매상들은 플린트마켓 상공회의소와 상담한 끝에
브런디시 씨의 장례일에도 가게를 열기로 했다. 장이 서는

날이라서 평소보다 매출액이 높기 때문이었다.

"저도 가게 닫을 생각 없어요."

플로렌스가 레이븐에게 말했다. 레이븐은 장례식에서 안내를 맡기로 했다. 그는 플로렌스 말에 어안이 벙벙했다. 다른 사람도 아닌 플로렌스가 장례식에 참석하지 않는다니, 레이븐으로서는 도무지 이해할 수 없었다. 그가 볼 때 플로렌스는 장례식에 참석할 그 누구보다 브런디시 씨와 친분 있는 사람이었다. 이는 당사자인 플로렌스도 부인할 수 없는 사실이었다. 하지만 플로렌스는 혼자 있고 싶었다. 그녀는 몇 차례 편지를 주고받은 데다 다소 독특하지만 자기 편을 들어준 사람에 대해 혼자서 조용히 생각하고 싶은 심정을 레이븐에게 토로할까 하다가 그만두었다. 굳이 그럴 필요가 없을 것 같아서였다. 그날 브런디시 씨는 왜 그랬을까? 대체 무슨 급한 일이 있어서 모자를 쓴 데다 지팡이까지 짚고 광장을 가로질렀던 걸까?

브런디시 씨는 교회 묘지의 단단한 땅에 묻혔다. 주위에는 서픽해에서 죽은 사람들과 열한 살 나이로 익사한 해군 사관후보생들과 배에 탄 채 침몰한 어부들이 묻혀 있었다. 묘지 북서쪽 끝에는 대지를 사랑한 브런디시 씨의 가족들 무덤이 죽 늘어서 있었다. 습지대보다 해발이 낮은 땅에 집들이 옹기종기 모인 자그마한 어촌인 하드버러도 브런디시 씨의 장례일에는 주위의 관심을 받았다. 늙은 브런디시 씨에게 그처럼 많은 지인과 친척이 있는 줄은 그의 장례일 전까지 그 누구도 알지 못했다. 브런디시 씨의 장례식은 그야말로 인산인해였다. 런던에서도 수많은 사람이 찾아왔다. 브런디시 씨는 영국 왕립협회 회원이기도 했는데, 어떤 공적을 세워서 회원이 되었는지 아는 주민은 없었다.

조문객이 많아지자 식당이든 술집이든 서둘러 영업시간을 늘렸다. 가맛 부부가 거주하는 스테드에도 사람들이 모여 있었다. 부부는 자기들이 초대한 손님들에게 점심 식사로 차가운 요리를 대접했다. 손님들은 웃으며 이야기를 나누다가 갑자기 웃음소리를 줄이곤 했다. 그리고 그때마다 웃음을 어떻게 처리해야 할지 몰라 난감한 표정을 지었다. 브런디시 씨는 유언장을 작성하지 않았다. 사무 변호사 드러리가 조사한 결과 브런디시 씨의 유산은 습지대와 풍차를 비롯해 은행 계좌에 있는 2,705파운드 13실링 7펜스였다.

사람들이 장례식이 치러지는 교회에 몰려 있기 때문에 플로렌스는 서점을 찾는 손님이 없는 걸 당연하게 여기며 금전등록기 서랍을 정리하고 있었다. 그때 가맛 장군이 서점 안으로 들어왔다. 그가 문 앞에 선 바람에 플로렌스를 비추던 햇빛이 가려졌다. 잠시 후 장군은 무언가 결심한 듯 세 걸음 앞으로 다가왔다. 그런데 그는 그런 동작만으로도 기운이 다 빠진 사람처럼 보였다. 말할 힘도 없는 것 같았다. 장군은 주위를 두리번거리다가 한쪽에 아무렇게나 쌓아 놓은 어린이 그림책 노디 시리즈 한 권을 만지작거렸다. 플로렌스는 그를 멀뚱멀뚱 바라만 보았다. 손님으로 맞이할 기분이 나지 않았다. 가맛 장군은 몇 달 동안 서점 근처에는 얼씬도 하지 않았다. 부인이 가지 말라고 엄포를 놓았을 것이다. 플로렌스는 부인에게 꼼짝도 못하는 장군이 어쩌면 호의를 품고 서점에 왔을지도 모른다고 생각했다. 그러자 마음이 조금 누그러졌다. 그녀는 상대방이 어떤 사람이든 타인에게 호의를 품는 것은 바람직하다고 생각했다.

"찾으시는 책 있나요?"

"아닙니다. 훌륭한 사람이 세상을 떠났다는 말을 전하고 싶어서 왔습니다."

가맛 장군은 그렇게 말하고 헛기침을 했다. 웬만한 용기로 서점까지 오지 않았을 것 같았다. 어쩌면 서점 방문은 장군에게 일생일대의 모험일지도 모른다.

"그린 부인은 에드먼드 브런디시 씨와 꽤 친했던 것 같은데, 그랬나요?"

장군이 갈라진 목소리로 물었다.

"글쎄요, 그런 줄 알았는데 돌이켜보니 직접 이야기를 나눈 건 제 인생에서 그날 오후 딱 한 번뿐이더군요."

"저는 직접 이야기를 나눈 적이 한 번도 없습니다. 물론 그분도 제1차 세계대전에 참전했지요. 제가 알기로는 서쪽 부대가 아니라 영국 육군 항공대 소속이었을 겁니다. 하늘을 날고 싶어 했던 걸로 기억하거든요. 사람 일은 참 알 수 없어요."

애도의 뜻을 나타내야 하는 부담에서 벗어난 듯 장군의 말투는 훨씬 부드러워졌다.

"알 수 없는 일이 하나 더 있습니다. 그날 아침 그분이 저희 집에 찾아왔어요."

"부인과 이야기를 나누고 싶으셨나 보네요."

"맞습니다. 바이올렛이 말하더군요. 브런디시 씨가 힘들게 방문한 이유는 예술 센터를 기획한 자기를 축하하기 위해서였다고요. 저도 직접 이야기를 나눌 수 있었는데, 그러지 못해 안타깝습니다. 솔직히 그분이 예술에 관심을 갖고 있을 줄은 꿈에도 몰랐어요. 저보다 열두 살 많지만 어쨌든 훌륭한 분을 잃었습니다. 누구나 그분처럼 쓰러질 날이 있겠으나 정말 아깝습니다."

플로렌스는 쉴 새 없이 말하는 장군의 입을 어떻게 막을 수 있을까 고민했다.

"점심 식사에 늦으시면 안 돼요, 장군님."

플로렌스는 스테드에서의 식사 순서를 잘 알고 있었다. 와인 병의 마개를 뽑는 것은 장군의 몫이었다.

장군은 그런대로 만족하면서도 말을 좀 더 재치 있게 하지 못한 걸 아쉬워하는 표정으로 플로렌스에게 작별 인사를 하고 서점을 나갔다.

*

그로부터 한 달쯤 뒤 올드하우스는 의회에서 가결된 새로운 법률에 따라 강제로 처분되었다. 그 법률 조항에 '구역 내 같은 시기에 지어진 것으로 사람이 거주하지 않는 다른 건축물이 없는 경우에 한한다'라고 규정되어 있으므로 올드하우스 대신 굴 창고를 처분 대상에 올릴 수도 있었지만, 운 나쁘게도 올드하우스에 대한 의회 가결은 플로렌스가 굴 창고 해체 공사를 의뢰한 뒤에 이루어졌다. 1년 넘게 해체 작업을 하던 샘 윌킨스는 요즘 들어 그 속도를 급격하게 높였다.

서점 앞의 황동제 우편함에 편지와 서류가 잔뜩 꽂혀 있었다. 그것들이 얼마나 많이 꽂혀 있는지 집배원이 사과할 정도였다. 우편함에는 플린트마켓 시의회에서 플로렌스 메리 그린 앞으로 보낸 통지서도 있었다. 그 내용은 이랬다.

　'1959년에 제정된 법률, 또는 이 법률에 추가된 법률이나 일부 조항에 따라 본 통지서에 동봉(깜빡 잊고 동봉하지 않은 듯 봉투 안에는 통지서 외에 아무것도 들어 있지 않았다)하는 계획서에 첨부된 예정표에 설명 및 묘사된 토지 또는 상속 재산을 매각해주시기 바랍니다. 대상 토지는 분홍색으로 구분되어 있으며, 부지 내 또는 지하의 광물도 석탄을 제외하고는 매각된다는 점을 밝힙니다. 시에서는 법률 조항에 명시된 물건을 매입하는 데 있어 해당 물건의 소유자에게 적정한 보상금을 지불할 것입니다.'

　플로렌스는 통지문을 읽으며 지금이야말로 래퍼가 나타날 때라고 생각했다. 하지만 그럴 기미조차 없었다. 너무나 조용해 래퍼의 소란이 그리울 지경이었다.

　플린트마켓과 킹스그레이브와 하드버러의 소식을 전하는「타임스」지역 판에 통지문이 게재되면서 플로렌스는 졸지에 지명수배자가 된 듯한 기분이 들었다. 그동안 거리를 오가며 얼굴을 익힌 사람들이 자기를 피하는 느낌이 드는 것이 단순한 착각일 수 없다는 생각도 들었다. 올드하우스를 찾는 손님들은 서점을 곧 닫는다는 소문을 어디선가 들은 것 같다며 조금 놀란 표정으로 말하곤 했다. 사무 변호사인 손턴과 드러리를 비롯해 키블 지점장과 그의 아내도 서점을 둘러싼 좋지 않은 소문을 들어서인지 좀처럼 나타나지 않았다.

플로렌스는 사람들이 그러거나 말거나 크게 개의치 않았다. 패배한 건 사실이지만 지칠 대로 지친 탓에 괴롭지도 않았다. 보상금을 받으면 은행 대출금을 갚고 새로운 건물을 찾았을 때 계약금으로 쓸 수 있을 것이다. 아무래도 다른 지역으로 옮기는 편이 좋을 것 같았다. 플로렌스는 변화를 기꺼이 받아들여야 한다고 생각했다. 그런데 브런디시 씨도 결국은 예술 센터를 신설하는 일에 찬성했다고 생각하자 마음이 아팠다. 보상금과 관련된 통지문을 읽었을 때보다 더 가슴이 쓰렸다.

레이븐은 술집 카운터 의자에 걸터앉아 술을 마시면서 플린트마켓 시의원들은 공금 1페니도 쓸 여유가 없다고 엄살을 부리며 시내 한복판에 있는 습지대조차 간척하지 못한 주제에 그린 부인이 사는 올드하우스를 매입할 돈은 어떻게 마련했느냐고 불평했다. 플린트마켓 시의회에서는 다른 공공단체와 마찬가지로 재정 문제를 공개적으로 논의하지 않았다. 단지 레크리에이션 담당 위원회는 보고서를 통해 '시민이 절실히 바라고 요구하는 시설을 신설하는 데 있어서 적극적으로 후원한 분에게 심심한 감사의 말씀을 드린다'라고 말했다.

플린트마켓에 거주하는 플로렌스의 변호사들은 '새로운 법률에 의거한 첫 안건'을 맡게 되었다면서 처음에는 몹시 흥분했다. 그들은 플로렌스에게 강제수용 철회를 요구하는 소송을 제기하자느니, 문서제출명령을 신청하자는 등의 주장을 했다.

"그렇게 하면 무슨 효과가 있나요?"

"솔직하게 말씀드리자면, 행정적인 결정에 이의를 제기할 만한 법적 근거는 없습니다. 하지만 자연적 정의라는 측면에서 보자면 시민에게는 그럴 권리가 있습니다."

"자연적 정의란 건 뭐죠?"

플로렌스가 물었다.

변호사들은 의뢰인 플로렌스에게 돈이 별로 없다는 사실을 알게 되자 문서제출명령 신청을 포기하고 보상금 문제를 검토하는 쪽으로 시선을 돌렸다. 플로렌스가 조언을 구한 다른 사람들과 마찬가지로 변호사들 또한 우울하면서도 냉담한 의견만 내놓았다. 그들은 이전에 따른 손실이 발생해도 보상받을 수 없다고 말했다. 법률적 관점에서 책은 쇠로 만든 물건과 똑같이 취급되므로 운반에 의한 가치 하락이 인정되지 않기 때문이라는 것이었다. 또 혼자서 하는 개인 사업인 만큼 인건비 관련 보상도 청구할 수 없다고 했다. 손턴 변호사라면 가벼운 농담을 섞어 말했겠지만, 플린트마켓의 변호사들은 말투부터 심각했다. 아무튼 이제 남은 것은 올드하우스 자체의 보상금뿐이었다.

몇 주가 더 지난 뒤 플로렌스는 플린트마켓의 변호사 사무소에 전화를 걸었다. 수화기를 통해 '예상치 못한 장애'니 '지연'이라는 말이 흘러나왔다. 변호사들은 한동안 그렇지 않다고 부인했지만, 결국에는 보상금을 받을 수 없다는 쪽으로 결론이 났다. 전국의 도시 및 전원 계획법에 따르면 습기가 심해 사람이 거주하기 적합하지 않은 데다 수몰 위험까지 있는 주택의 경우 보상금 청구가 불가능하다는 것이었다.

"하지만 올드하우스는 몇 세기 동안 수몰되지 않은 채 오늘날까지 그 자리에 군건하게 버티고 있어요. 게다가 현재 제가 살고 있고, 보다시피 저는 사람이 분명합니다. 사실 습기도 그렇게 심하지 않아요. 여름과 한겨울에는 오히려 건

조하죠. 그나저나 토지 보상은 어떻게 되는 거예요?"

변호사는 올드하우스가 이미 존재하지 않는 듯 아무것도 없이 비어 있는 공터 가격을 들먹였다.

"토지가 확실하다면 당연히 추정 가격을 산정할 수 있지요. 그런데 지하실을 조사한 결과 그 건물은 1센티미터 조금 넘게 물속에 잠긴 적이 있다더군요. 그러니까 수몰된 이력이 있다는 겁니다."

"조사라뇨? 저는 조사했다는 말 들어본 적도 없는데요?"

"부인께서 서점을 비운 날 시에서 숙련된 건설업자이자 미장이인 존 기핑 씨를 파견해 건물의 벽과 지하실 상태를 살피도록 했답니다. 그것도 몇 번이나요."

"존 기핑 씨라고 했나요?"

"물론 무작정 침입한 건 아닐 겁니다."

"그렇겠죠. 남의 가게 문을 함부로 부수고 들어갈 만큼 폭력적인 사람이 아니니까요. 제가 알고 싶은 건 누가 그 사람을 서점 안으로 들였느냐는 겁니다."

"부인의 조수 일을 하던 마일로 노스 씨입니다. 아마도 시에서는 노스 씨의 고용주가 부인이니까 그는 부인의 지시에 따라 행동한 줄 알고 있을 겁니다. 뭔가 더 하시고 싶은 말씀 있나요?"

"그 일을 맡아 한 사람이 기핑 씨라서 다행이네요. 최근에 일이 없어서 힘들어했는데 말이에요".

"다행은커녕 듣기 거북한 일도 있습니다. 그 건물의 습기 탓에 건강이 나빠져 원래 하던 일을 못하게 되었다는 취지의 선서 증언서에 노스 씨가 서명했다고 합니다."

*

"왜 그런 짓을 했죠? 누가 시켜서 했나요?"

플로렌스는 마일로를 만나자마자 다그쳐 물었다.

"몇 번이나 부탁했어요. 그래서 귀찮은 나머지 그랬던 겁니다."

마일로는 며칠 전부터 서점 일을 도우러 오지 않았다. 플로렌스는 광장을 지나던 마일로와 우연히 마주쳤다. 마일로도 플로렌스를 피하려고 하지 않았다. 그러기는커녕 도움이라도 줄 사람처럼 다가와서 아르바이트를 할 만한 아이를 구하고 싶으면 크리스틴을 부르라고 말했다. 공업학교 첫 학기가 절반도 채 지나지 않았는데 크리스틴이 정학 처분을 받았기 때문에 시간 여유가 많으리라는 것이 이유였다. 마일로는 크리스틴이 왜 그랬는지 자세한 건 모른다고 말했고, 플로렌스도 애써 듣고 싶은 마음이 일지 않았다.

이제 플로렌스가 할 수 있는 일은 거의 없었다. 플로렌스가 전화를 걸자 은행 지점장은 어색한 목소리로 안부를 묻고는 하루라도 빨리 약속 날짜를 잡고 은행에 와주었으면 좋겠다고 말했다. 보상금을 받을 수 있는 법적 권리가 플로렌스에게 없다는 소문이 사실인지 어떤지, 사실이라면 대출금을 어떻게 갚을 것인지에 대한 대답을 듣고 싶은 듯했다.

"처음부터 다시 시작하려고요. 그럴 수 있을 것 같아요."

플로렌스가 말했다.

"다시 자영업에 도전하는 건 권하고 싶지 않아요. 솔직히 말리고 싶습니다. 사람들이 왜 은행을 자선단체로 여기는지 모르겠어요. 아무튼 남은 일을 깔끔하게 마무리 지어야 할 때인 듯합니다. 당연히 재고는 그대로 됐겠지요? 일단 그것부터 현금화해야 합니다. 현재의 어려운 상황에서 어느 정도 벗어나려면 말입니다."

"책을 팔라는 이야기인가요?"

"대출금을 갚아야지요. 책뿐 아니라 차도 파셔야 합니다. 죄송합니다만, 그렇게 해주셔야겠어요."

결국 플로렌스는 서점도 잃고 책도 잃었다. 남은 것은 그야말로 몸뿐이었다. 판매가 영 시원찮았던 에브리맨즈 라이

브러리 출판사의 책 두 권은 남겨두었다. 한 권은 중고 책으로 존 러스킨의『나중에 온 이 사람에게도』이고, 또 한 권은 존 번연의 자서전『넘치는 은혜』였다.

두 권 모두 오래된 책갈피가 끼워져 있었다. 책갈피 하나에는 '여러분, 이 책이 여러분의 안내인 역할을 할 것입니다. 여러분이 어려울 때는 여러분 곁에 있겠습니다'라고 적혀 있었다. 러스킨 책에는 색이 바랜 말린 용담꽃도 함께 끼워져 있었다. 50년 전쯤 누군가가 이 책을 들고 봄기운 가득한 스위스로 여행을 떠났으리라는 생각이 들었다.

1960년 겨울, 플로렌스는 무거운 짐을 먼저 보낸 뒤 색스포드타이와 킹스그레이브를 경유하는 플린트마켓 행 버스에 몸을 실었다. 월리가 버스 정류장까지 슈트케이스를 실어다주었다. 다시금 썰물 시간이 가까워지자 반짝거리는 수면 아래 엎드려 있던 대지가 기지개를 켜듯 서서히 드러나면서 도로 양쪽으로 펼쳐졌다. 플로렌스는 10시 46분에 플린트마켓에서 리버풀스트리트 역을 향해 출발하는 기차에 올라탔다. 기차가 플랫폼을 빠져나갈 때 좌석에 앉은 그녀는 힘없이 고개를 떨구었다. 결국 그녀가 10년 가까이 거주한 마을은 서점이 필요 없었던 것이다.

이 소설을 쓴 피넬로피 피츠제럴드 Penelope Fitzgerald
는 1916년 12월 17일 영국 잉글랜드 동부에 위치한 링컨에
서 태어났다. 결혼 전 이름은 메리 녹스였다. 아버지 에드먼
드 녹스는 풍자만화 잡지 「펀치 Punch」의 편집장이고, 어머
니 크리스티나 힉스는 아마추어 작가였다. 삼촌 셋은 각각
신학자, 전기 작가, 소설가였다. 피츠제럴드는 이 같은 가족
과 친지의 영향을 받아 일찍부터 문학에 대한 열정을 키웠
다. 게다가 외할아버지 에드워드 힉스가 링컨 대성당 주교
인 까닭에 궁궐 같은 주교관에서 생활하며 복음주의적 가치
관을 지니게 되었다. 피츠제럴드는 1939년 옥스퍼드 대학
교 서머빌 칼리지를 졸업한 뒤 정부 기관인 식량부에서 공

무원 생활을 하다가 BBC 방송국에서 문학지 편집일을 했다. 스물다섯 살인 1941년에는 대학에서 만난 데즈먼드 피츠제럴드와 결혼했다. 데즈먼드는 변호사가 되기 위한 공부를 하다가 군에 입대해 북아프리카 리비아 사막에서 활약하며 무공십자훈장을 받았다. 하지만 제대 후에는 알코올 중독에다 위조 수표 사용으로 법정까지 드나드는 황폐한 삶을 살았다. 피츠제럴드는 그런 남편을 일으켜 세워 정상적인 삶의 터전에 안착하게 하려고 부단히 애썼다. 문예 및 정치 잡지인 「월드 리뷰 World Review」를 남편과 함께 편집했고, 개인적으로 서점 운영, 연극 학교 교사 등의 일을 했다. 그러나 남편이 병까지 얻은 데다 자녀 셋이 딸려 있어 가난에 허덕이는 생활을 벗어날 수 없었다. 화려한 주교관에서 부족한 것 없이 자란 피츠제럴드는 공교롭게도 집이 없어 템즈강의 평저선에서 생활했는데, 배가 두 번이나 침몰하는 바람에 변변찮은 살림 도구를 물에 몽땅 빠뜨린 채 수개월을 노숙자 센터에서 지냈다. 그리고 그 뒤에는 하층민들이 거주하는 공공 주택에서 11년 동안 살았다. 언뜻 기구하다 못해 피폐해 보이지만 피츠제럴드는 이 같은 삶을 여러 작품에서 담담한 문체로 묘사하고 있다.

피츠제럴드가 소설가로 데뷔한 것은 1977년 61세 때의 일이다. 데뷔 작품은『황금 아이 The Golden Child』로, 병석에 누운 남편을 위로하기 위해 썼다고 한다. 박물관에서 일어난 살인 사건을 해결하는 탐정 소설인 이 작품을 발표했을 때 영국 문단의 누구도 관심을 기울이지 않았다. 작품을 출간하려고 출판사를 찾아다녔을 때도 '나이 많은 아마추어 작가의 별 볼 일 없는 작품'으로 홀대당했다. 결국 이 작품은 몇몇 출판사한테 퇴짜를 맞은 끝에 재정난을 겪어 작가들이 기피하는 출판사에서 출간되었지만 크게 주목받지 못했다. 피츠제럴드는 이에 실망하지 않고 이듬해 1978년『북숍』을 세상에 내놓았다. 이 작품도 처음에는 별다른 관심을 받지 못했다. 그러다 점차 평론가들의 이목을 끌었고 마침내 영국 최고의 권위 있는 문학상인 맨부커상 후보에 올랐다. 이로써 피넬로피 피츠제럴드는 영국 문단과 독자들에게 알려지게 되었는데, 1979년에는『오프쇼어 Offshore』로 맨부커상을 수상하면서 당대 최고의 영어권 소설가로 부상했다. 런던 교외 첼시 지구의 템즈강에 떠있는 평저선에서의 생활을 소재로 쓴 작가의 반자전적인 이야기인『오프쇼어』는 베스트셀러 목록에도 올라 피츠제럴드는 작품을 계속 쓸 수 있는 정도의 경제적 기반을 마련할수 있었다. 1980년에는 BBC에서의 생활을 익살스럽게 묘사한 『휴먼 보이시즈 Human Voices』를 발표했다. 1982년에는 아역 배우를 양성하는 학교를 다룬 『프레디 학교에서 At Freddie's』, 1986년에는 이탈리아 피렌체를 배경으로 가난한 귀족의 딸과 공산주의자 의사 사이의 로맨스를 그린 『순수 Innocence』, 1988년에는 러시아에서 태어나고 자란 영국 사업가의 가정과 직장 문제를 통해 러시아 혁명 직전의 상황을 묘사한 『봄의 시작 The Beginning of Spring』, 1990년에는 간호 훈련생과 사랑에 빠진 젊은 물리학자에 대한 이야기인 『천사의 문 The Gate of Angels』을 세상에 내놓았다. 그리고 80세를 두어 달 앞둔 1995년에는 18세기 말엽 독일의 작은 도시를 배경으로 독일 낭만주의를 대표하는 시인 겸 철학자 노발리스가 젊은 날 열두 살 여자아이와 나눈 사랑을 그린 『푸른 꽃 The Blue Flower』을 발표했다. 피츠제럴드는 마지막 작품인 『푸른 꽃』으로 외국인 최초로 1997년 전미비평가협회상을 받으며 영국을 넘어 세계적인 유명 작가 반열에 올랐다. 1999년에는 평생에 걸쳐 문학 발전에 공헌한 점을 인정받아 영국 펜클럽에서 골든펜 어워드를 받았고, 2008년에는 「타임스」의 '1945년 이후 가장 위대한 영국 작가 50인'에 선정되었다. 『예감은 틀리지 않는다』로 2011년 맨부커상을 받은 영국 소설가 줄리언 반스는 피츠제럴드를 존경한다면서 '요즘 시대에 보기 드문 지성과 천부적인 재능을 지닌 뛰어난 작가'라고 평했다. 피츠제럴드는 20여 년의 작가 생활을 통해 9편의 장편소설과 2편의 전기 외에 여러 편의 수필과 서평을 발표했고 2000년 4월 28일, 83세를 일기로 세상을 떠났다.

『오프쇼어』로 맨부커상을 수상했을 때 피츠제럴드는 한 인터뷰에서 자신은 기득권 사회로부터 철저하게 소외되어 왔다고 말했다. 작가의 삶이 작품에 투영되는 것은 자연스러운 현상일 터, 피츠제럴드의 소설에 나오는 인물 대부분은 기존의 사회 질서에 녹아들지 못한 채 방황하는 사람이거나 꿈만 좇다가 현실의 벽에 부딪혀 신음하는 예술가이거나 부모가 없는 가난한 아이 등 소외된 존재들이다. 『북샵』의 주인공 플로렌스도 마찬가지다. 플로렌스는 전쟁으로 남편을 잃은 데다 자식도 없고 이렇다 할 재산이나 인맥도 없는 중년 여자다. 이런 여자가 혼자 힘으로 인생의 풍파를 헤쳐나가는 모습은 상상만으로도 힘겨워 보인다. 그런데 세상은 그녀를 돕기는커녕 훼방을 놓는다. 플로렌스는 지은 지 500년이나 된 데다 오랫동안 주인 없는 낡은 건물인 올드하우스를 은행 대출을 받아 구입해 서점을 열려고 한다. 그러자 마을의 권력자인 가맛 부인이 건물을 예술 센터로 쓸 계획이라며 서점 따위는 어디서든 열 수 있으므로 올드하우스를 비우라고 압박한다. 서점에 와보거나 플로렌스와 말 한마디 나누지도 않은 사람들이 사실인 것처럼 멋대로 지어내어 부풀린 소문도 그녀를 압박하는 데 한몫한다. 하지만 과묵하면서도 심지가 굳은 플로렌스는 책을 주문해 진열하고 크리스틴이라는 당돌한 여자아이와 함께 서점을 운영해 나간다. 당연히 가맛 부인을 비롯한 훼방꾼들의 압박 강도는 점점 더 세지고 플로렌스는 급기야 궁지에 몰린다. 가맛 부인의 국회의원 조카가 제출한 법안이 의회를 통과함에 따라 올드하우스가 강제 처분되기에 이른 것이다.

적군이 있으면 아군도 있기 마련, 플로렌스를 응원하고 돕는 사람들도 있다. 대표적인 인물이 저택에 틀어박힌 채 두문불출하는 명문가의 후손 브런디시 씨다. 이 소설의 클라이맥스 중 하나는 좀처럼 외출하지 않는 브런디시 씨가 올드하우스에서 플로렌스를 내쫓으려는 가맛 부인을 노구를 이끌고 찾아가서 다짜고짜 플로렌스를 내버려두라고 말하는 장면이다. 여기서 가맛 부인은 브런디시 씨에게 올드하우스가 역사적인 가치가 있는 건물인 만큼 유의미한 용도로 써야 하지 않느냐고 말하는데 브런디시 씨는 이렇게 응수한다.

"오래된 것과 역사적 가치를 동일시할 수는 없습니다. 그 둘이 같다면 저나 댁이나 지금 가치 있는 사람이 되어 있어야겠지요."

두 사람의 일대일 대결은 이런 식으로 팽팽하게 전개되다가 비극으로 끝나고 마침내 올드하우스 서점도 문을 닫게 된다. 플로렌스는 가게도 잃고 책도 잃은 채 잉글랜드 서퍽주의 자그마한 바닷가 마을 하드버러를 떠난다.

피츠제럴드는 41세 때인 1957년 가족과 함께 이사해 거주한 잉글랜드 서퍽주 사우스월드의 바닷가 마을을 모델로 이 소설을 썼다. 거기에서 실제로 서점도 운영했는데, 『북샵』에 묘사된 서점과 해안 풍경이 두드러지게 사실적이면서 서정적인 것은 그 때문인 듯하다. 이 책에서 가장 인상적인 구절을 꼽으라고 하면 '인간 세상은 절멸시키는 자(ex-terminator)와 절멸당하는 자(exterminatee)로 나뉘어 있다'는 것이 아닌가 싶다. 어쩌면 피츠제럴드의 세계관일 수도 있겠는데, 이 구절은 소설 앞부분에 나오는 왜가리와 장어의 싸움과 묘하게 중첩된다. 하지만 왜가리와 장어의 싸움은 어디까지나 생존과 직결되어 있다. 인간 세상에서는 생존과 상관없이 '절멸시키는 자'가 있고, '절멸당하는 자'가 있다. 주인공 플로렌스가 어느 쪽인가는 말할 필요도 없고, 해피 엔딩을 기대한 독자는 아쉬울 것이다. 하지만 이런 것이 인생 아닐까.

2022년 7월
정회성

북 샵

초판 1쇄 2022년 8월 22일

지은이 | 피넬로피 피츠제럴드
옮긴이 | 정회성

펴낸이 | 이나영
펴낸곳 | 북포레스트
등록 | 제406 - 2018 - 000143호
주소 | (10871) 경기도 파주시 가재울로 96
전화 | (031) 941- 1333
팩스 | (031) 941- 1335
메일 | bookforest_@naver.com
인스타그램 | @_bookforest_
디자인 | 팥팥

ISBN 979-11-92025-06-3 03840